MÉMOIRES

DE

CLAUDE VILLIAUME.

DE L'IMPRIMERIE DE P. DIDOT L'AÎNÉ.

MES
DÉTENTIONS,

COMME PRISONNIER D'ÉTAT,

SOUS LE GOUVERNEMENT DE BUONAPARTE;

SUIVIES

DE MES ÉVASION, EXIL, RÉARRESTATIONS, ETC.;

OU

MÉMOIRES

DE CLAUDE VILLIAUME,

AUJOURD'HUI DIRECTEUR DE L'AGENCE GÉNÉRALE.

OUVRAGE dédié à la police de Buonaparte.

LETTRE DÉDICATOIRE.

« Messieurs, vous ne savez pas ce que je vous suis : attendez
« ce que je vous serai. — VILLIAUME. »

~~~~~~~

A PARIS,

CHEZ L'AUTEUR, RUE DU SENTIER, Nº 5,

Entre celle du Gros-Chenet et le boulevard Poissonniere.

JUILLET 1814.

AVANT-PROPOS.

J'ai toujours éprouvé le besoin d'aimer, jamais celui
de haïr : avec ces qualités, je devois être et je fus le
plus malheureux des hommes.

Arrêté, détenu, réarrêté, exilé, encore réarrêté,
enfin placardé sur tous les murs de la France, et
accusé, pendant cinq années, d'avoir voulu tuer Buonaparte, premier consul, un autre à ma place se
feroit, dans les circonstances actuelles, un mérite de
dire : *Oui ! j'avois cette intention !*

Toujours vrai, je déclare solennellement qu'alors
j'aimois Buonaparte. C'est un tort que j'ai partagé
avec la presque totalité de l'Europe. Disons-le ! on
n'accuse bien qu'autant que l'on convient des défauts
et des qualités de celui qu'on accuse. Buonaparte eut
un beau moment ; ce fut celui de son avénement au
consulat : le rappel des émigrés, la pacification de la
Vendée, le rétablissement du culte, le traité d'Amiens,
rompu trop vîte, mais dont la rupture fut alors attri-
buée aux Anglais ; l'espoir, malheureusement peu
fondé, que Buonaparte consentiroit à être le se-
cond de l'état, et par cela même le premier des hommes ; l'estime dont l'honora le prince Charles, j'ajoute
l'empereur Alexandre, et ce nom prononcé, je n'en
ai plus à citer !!!...

Il est donc vrai que Buonaparte eut l'amour des
Français ; il l'est aussi que nous lui avons fourni les
moyens d'être heureux et de nous le rendre ; il l'est

I

enfin que nous ne l'avons détesté que lorsqu'il abusa de ces moyens, ce qu'il fit toujours, et ce dont nous ne nous aperçûmes que trop tard.

On s'est étonné que tant d'hommes se soient donné la mort en haine de sa tyrannie, et que pas un seul n'ait eu le courage de le poignarder; en voici la raison : l'homme d'honneur, repoussé par l'horreur qu'inspire un assassinat, n'a plus, prêt à le commettre, que le courage ou la foiblesse de se suicider; les scélérats se laissent pendre, l'homme prodigue du sang de ses semblables est avare du sien : témoin Buonaparte. Puisse cette doctrine que je professe, préserver à jamais nos Rois d'un régicide!

Enthousiaste du grand, du beau, du sublime et des hauts faits, alors que j'aimois Buonaparte, j'aimois également et Moreau, dont je fus le protégé et presque l'ami ; et Pichegru, sur la mort duquel j'aurai des particularités à raconter : j'aurois voulu réunir ces deux grands hommes au faux grand, tant je fus dupe du dernier !

Né en 1780, je fus en quelque sorte un enfant de la révolution. J'étois trop jeune pour avoir pu connoître les Bourbons; mais j'étois Français, je plaignois leurs malheurs, je déplorois sur-tout le sort infortuné de Louis XVI, comme je déplore encore celui de Charles Ier, qui n'étoit pas de mon pays: les rois malheureux appartiennent à toutes les nations, et c'est en ce sens, peut-être, qu'il est permis d'être cosmopolite.

Depuis vingt-cinq ans, des factions et un usurpateur se sont entre-tués sous le prétexte spécieux de
porter le fardeau de l'état. C'est des Bourbons qu'on
peut véritablement dire que la couronne est un fardeau. Ils ne l'ont, à une exception près, jamais portée que pour le bonheur du peuple; puis-je dire pour
le leur? Non. L'histoire dira plus.

Maintenant que je les ai vus, je suis sûr que si
l'homme qui nous gouvernoit nous eût rendus heureux, ils auroient préféré renoncer au trône de leurs
peres, plutôt que d'y remonter au prix d'une seule
goutte de sang ; et c'est par flots, comme sans
nécessité, que Napoléon le répandoit ! Quand il
dévoroit toutes les fortunes, il bâtissoit des prisons
pour les pauvres, autrefois si peu nombreux. Hélas!
après nous avoir tout enlevé, il nous y auroit tous
engloutis; il n'auroit plus régné en France que sur
des détenus, en Espagne que sur des tombeaux!!!...
—. Ce n'étoit pas à celui-là que le peuple auroit osé
demander du pain : il l'eût mitraillé.... Les plaies
qu'il fit à la France sont si profondes, qu'elles ne pou-
voient être cicatrisées que par le desiré Louis qui
vient de nous être rendu. La banqueroute eût été
générale, si Buonaparte eût régné trois mois de plus ;
j'en ai acquis la preuve dans mes rapports récents
avec quelques uns de ses ministres. Je connois le moyen
d'y remédier ; en l'adoptant, le Roi accomplira ses
promesses, et le proverbe, *aux grands maux les*
grands remedes, n'existera plus parmi nous.

Je termine par une petite vengeance : ma lettre dédicatoire aura peut-être effrayé messieurs de la police ; je dis peut-être, parceque je ne les ai connus qu'à une époque où ils ne s'effrayoient de rien. Qu'ils se rassurent ! raconter mes malheurs, inspirer de l'horreur pour l'abus du pouvoir, faire en sorte qu'on ne puisse deviner les auteurs de mes maux, leur pardonner, me taire ensuite et pour toujours, rétablir des réputations, honorer des noms, n'en avilir aucun, est le but que je me propose en publiant ces mémoires. Le jour qui nous a rendu Louis XVIII est trop beau, pour qu'il ne soit pas celui de la concorde.

FAITS.

La révolution provoqua mon départ. Soldat dès l'âge de treize ans, je n'eus pour colléges que les camps et les bivouacs, pour exemples que les désordres inséparables de la guerre. Furetant un jour dans une bibliothèque, j'y pris un livre maroquiné et doré sur tranches. Sa couverture m'avoit tenté. De retour au camp, on me mit en prison pour une faute de discipline. N'ayant rien de mieux à faire, je lus mon livre. Pour la première fois de ma vie je commençai à réfléchir : c'étoit les pensées de Jean-Jacques. Je ne les eus pas plutôt achevées que je me sentis meilleur. Elles m'inspirerent le goût de la lecture, et le hasard, qui entre dans tout, me servit ensuite : Corneille, Boileau, Molière, La Fontaine, Racine, Voltaire, Fénélon, Montaigne, Buffon, etc., etc., se rencontrerent sous ma main, sans doute parce-qu'il n'y a que nos bons auteurs qui passent à l'étranger. Ce sont eux qui m'ont fait ce que je suis : j'aurois peut-être été quelque chose de mieux si le retour apparent de l'ordre ne m'eût moissonné de nouveau.

Toujours simple soldat et par goût, je sortis des rangs à l'âge de dix-huit ans, pour être successivement attaché aux états-majors en qualité de secrétaire, et aux conseils de guerre en qualité de défenseur. Rentré dans mes foyers à l'âge de vingt-deux ans, je me vouai à cette derniere profession que j'exerçai alternativement près les cours de justice criminelle des Vosges et de la Marne. Déja j'avois obtenu des succès qui firent concevoir de moi quelques espérances, lorsqu'un projet de loi réglementaire sur l'ordre judiciaire, vint m'enlever et mon état que j'aimois de passion, et l'espoir prochain d'un établissement que je ne devois qu'à ma réputation naissante (1).

Ces pertes, à l'âge de vingt-trois ans, font de vives

---

(1) Projet qui ne pouvoit manquer d'être incessamment converti en loi, et qui le fut : c'est celle de ventose an XII qui établit des écoles de droit, et n'admet au barreau que les jeunes gens qui justifient d'un cours de cinq années. J'exerçois depuis trop peu de temps pour être dans le cas de l'exception.

impressions ; celles que je ressentis furent si profondes que je partis sur-le-champ pour Paris dans la résolution de reprendre mon premier métier, celui des armes. On parloit alors de la descente en Angleterre : les dangers qu'elle présentoit étoient conformes à la situation de mon ame.

Je vis le premier consul ; je vis plus particulièrement encore le général Savary, son aide de camp. Bref, on m'arrêta le lendemain.

Un homme que je ne nomme point, parceque je m'y suis obligé, ensuite parceque je lui ai eu depuis des obligations et que la reconnoissance est un sentiment imprescriptible, un homme vint me trouver au secret ; il m'y tint ce discours : Vous aviez deux pistolets chargés quand on vous arrêta? — Oui. — Les aviez-vous quand vous fûtes chez le premier consul ? — Je pourrois vous dire *non,* la vérité m'oblige à dire *oui :* le fait est qu'ils ne m'ont pas quitté (1). — Convenez que l'un étoit pour le premier consul et l'autre pour vous, si.... — Arrêtez...! (la foudre venoit de me frapper....) — Profitant de mon trouble, il continua : Avouez que vous aviez cette intention : le premier consul est grand, votre franchise

---

(1) Je venois de les acheter lorsque je rencontrai le premier consul, qui m'assigna sur-le-champ un rendez-vous aux Tuileries. On ne m'y fouilla pas ; donc rien ne me contraignoit à cet aveu : du reste, ils n'étoient pas chargés ; ils ne le furent qu'à mon retour chez moi.

lui plaira ; il saura la récompenser noblement. — La supposition de l'attentat ne m'avoit que consterné : tant d'impudence et de perfidie me mirent hors de moi : Quoi ! tu veux me persuader qu'on peut arriver à la fortune par un crime ? O monstre ! sors, sors à l'instant même de ma présence.... — C'est le préfet qui m'envoie. — Plus puissant que ton préfet, je t'ordonne encore de sortir : Aussitôt, me saisissant de quelques bouteilles, je les lui jetai à travers-corps. Voilà ce qui m'a perdu.

Arrêté trois mois vingt-un jours avant Moreau, quatre mois six jours avant Pichegru, quatre mois et demi avant Georges Cadoudal, par conséquent bien avant le débarquement de Pichegru et de Georges, j'acquis néanmoins, le jour même de mon arrestation, la conviction qu'alors on avoit déja résolu la perte du général Moreau, ce que je prouverai d'une manière irréfragable quand le gouvernement actuel m'aura permis de puiser, à la source que j'indiquerai, des matériaux dans lesquels figurent le nom de ce général et le mien. Cette preuve faite, le petit nombre de partisans qui restent à Buonaparte, sur ce point, du moins, sera réduit au silence.

Peu habile dans les transitions, je ne sais comment m'y prendre pour transporter mes lecteurs du secret de la préfecture à celui de Bicêtre ; toujours est-il qu'après onze jours de station dans l'une, je me trouvai subitement resserré dans l'autre, où je fus retenu deux à trois mois. Libre enfin de parcourir les cours, je me vis confondu, ainsi que les autres prisonniers d'Etat, avec des criminels qui dégouttoient encore du sang de leurs victimes. En aussi bonne compagnie, mon caractere ne pouvoit que changer : je devins méchant. Des plaintes rendues contre moi déterminerent le préfet de police à m'envoyer un commissaire chargé de me réprimander et de dresser procès-verbal (1) de mes dires.

Le commissaire. Vous serez donc toujours violent? — Violent? — Oui, témoin les voies de fait dont vous vous êtes rendu coupable à la préfecture de police envers un des chefs de cette administration?

Réponse. Si l'on m'avoit accusé d'avoir voulu assassiner le dernier des hommes, on auroit trouvé naturel que je me récriasse. On m'accuse (et quelle astuce employa-t-on pour m'en faire convenir !), on m'accuse d'avoir voulu tuer le chef de l'état, et on blâme mon emportement ! J'aurois été capable de commettre le crime, s'il ne m'eût révolté : il suit de là que votre induction devroit être en sens inverse.

---

(1) Cette pièce et plusieurs autres n'existent plus dans ma liasse. Je dirai *le pourquoi* quand j'en serai à l'article que je me propose d'intituler : *Moyens que la police employoit pour rendre coupable l'innocence même.* Cet article paroîtra dans la seconde partie de ces Mémoires.

Le Commissaire. Vous avez de fréquentes rixes avec vos camarades?

Réponse. Je n'ai de camarades ici que les prisonniers d'Etat; tous m'estiment. Je m'accorde mal avec les autres détenus; plaise au ciel que je ne vive jamais en bonne harmonie avec eux! alors j'aurois leurs mœurs, ou je serois près de les avoir.

Le Commissaire. Cependant les gardiens rendent sur vous de mauvais témoignages, et par suite le concierge?

Réponse. Si le bourreau délivroit des certificats de bonne conduite, je ne m'honorerois pas d'en avoir un. A quelques nuances près, je lui assimile les gens dont vous me parlez : plus ils diront de mal de moi, et plus je croirai valoir.

Le préfet de police Dubois, auquel je n'ai personnellement rien à reprocher, si ce n'est de s'être mal entouré et d'avoir été trompé, depuis le commencement jusqu'à la fin de sa magistrature, par des personnes qu'il combloit de biens, le préfet de police Dubois trouva que j'avois raison; trois jours après, ma translation au Temple fut ordonnée.

Au Temple, ma conduite fut ce qu'elle devoit être: j'y étois avec d'honnêtes gens; je travaillois beaucoup; de grands souvenirs m'environnoient!.... Ah! laissons-les pour un autre chapitre....... Eux seuls, joints à une surprise que je ménage à mes lecteurs, et aux observations que j'ai recueillies dans cette

maison vraiment royale , composeront la troisieme
partie de ces Mémoires.

Je ne puis cependant quitter cette dernière demeure du meilleur des monarques, du plus infortuné
des pères, et du plus auguste des enfants; la dernière
aussi de Pichegru ; le dirai-je? la dernière de Moreau !.... le cœur que portoit ce grand homme étoit
plein de sa patrie,..... pouvoit-il en trouver une
ailleurs ?....

Je ne puis, dis-je, quitter cette maison, sans rappeler que j'y fus plus malheureux qu'ailleurs (j'en
excepte un soi-disant hospice). Jalouse de mon repos,
inquiète peut-être des suites qu'auroit pu avoir l'u-
nion qui eût régné entre les prisonniers d'Etat, la
la police fit courir le bruit que j'étois *un de ses agents.*
Dès-lors un entier abandon me priva des consola-
tions dont j'avois besoin pour supporter le poids
énorme de mes peines. Deux de ces messieurs, et je
leur en exprime aujourd'hui bien vivement ma re-
connaissance, ne crurent pas à cette calomnie ; je les
voyois avec réserve : ce sont MM. le général baron
de La Rochefoucault, et Jacques, ce fidèle serviteur
du duc d'Enghien. Ah ! quel nom viens-je encore de
prononcer !... pourquoi tant de souvenirs ?...

Le Temple n'étoit plus fait pour moi, j'y aurois
succombé. La même police (dirai-je heureusement
ou malheureusement?) m'en arracha pour me jeter à
Charenton. C'est ainsi qu'elle m'a justifié de l'abominable soupçon qu'elle avoit fait planer sur moi. Mes

camarades d'infortunes me rendirent une justice tar-
dive.

Le Mémoire qu'on va lire, et que j'ai publié il y a
environ huit ans, contient l'historique abrégé de ma
détention à Charenton. Je pourrois le concevoir mieux
aujourd'hui ; je pourrois du moins l'achever, si un
scrupule religieux pour la vérité ne me commandait
de le reproduire tel qu'il a paru dans le temps. Les
seuls changements qu'il a subis sont dans le PROJET
qui en fait partie. L'ayant présenté de nouveau en
décembre 1810., au préfet de la Seine (Frochot), j'y
fis quelques additions que nécessiterent les circonstances, et que, par un même respect pour la vérité,
j'ai eu soin d'indiquer par une ligne tracée en marge.

Ce Mémoire fut publié à Troyes, où j'étois exilé.
Il est adressé à une commission des pétitions, formée
de conseillers, de maîtres des requêtes et d'auditeurs
au conseil d'Etat; commission que Buonaparte institua, comme il institua celles de la liberté de la presse
et de la liberté individuelle, pour nous leurrer, pour
augmenter la recette du timbre, celle du départ à la
poste, et celle des débitants de papier timbré.

MM. les conseillers d'Etat Maret et Bigot-Préame-
neu présidoient alternativement cette commission. Je
me ferai un devoir de rappeler, dans une des parties
de ces Mémoires, les obligations que je leur ai, ainsi
qu'à MM. de Mesgrigny, Brûlé, de Sirrug, Delpierre,
de Champagny, Moncey, Frochot, de Lacépède, et
une infinité d'autres personnes qui m'ont ouverte-

ment protégé, aidé et soutenu. Ma mere, sous ce dernier rapport, que n'aurois-je pas à dire de vous?..

A MESSIEURS COMPOSANT LA COMMISSION DES PÉTITIONS.

Messieurs,

Exempt de reproches et absolument ignoré de l'Empereur, que j'aimois autant par sentiment que par raison, je fus, lorsque je m'y attendois le moins, arrêté et constitué prisonnier d'Etat, le 25 octobre 1803.

Le desir immodéré de se signaler, joint à un motif personnel de ressentiment, porterent le chef de division Bertrand (1), chargé de la haute police, à me supposer de mauvais desseins sur S. M.

Conduit d'abord à Bicêtre, puis au Temple, et de là à Charenton, les désagréments que j'essuyai dans cette dernière prison, où je restai neuf mois, et l'inespérance d'obtenir justice, m'en firent évader après trente-deux mois complets de captivité et d'inutiles protestations de mon innocence.

Immédiatement après mon évasion, j'offris, par l'entremise du tribun Delpiere, de me reconstituer prisonnier si l'on me croyoit encore dangereux.

---

(1) Fidele à mes engagements, je n'aurois pas nommé le sieur Bertrand s'il vivoit encore. Il y a cinq à six ans qu'il est décédé.

Touché de la franchise de mon procédé, on ne m'inquiéta pas.

Je circulois librement dans Paris et ses environs ; la police y connoissoit mon existence ; l'Empereur étoit à Saint-Cloud, et on n'avoit aucune inquiétude sur mon compte.

Ce fut seulement huit mois après mon évasion, et, ce qui est pis, lorsque l'Empereur fut à Vienne, qu'on me réarrêta comme un homme dangereux pour sa personne.

L'offre de me représenter, mon adresse que j'avois donnée, l'oubli qu'on fit de moi pendant huit mois, ma tranquillité durant cet intervalle, comme dans toutes les époques de ma vie, me justifient suffisamment sur ma premiere arrestation, sans qu'il soit besoin de la discuter ici. Je le ferois cependant, si la crainte d'être prolixe ne m'imposoit des bornes.

Je me réduirai donc à dire que quelque peu méritée qu'elle ait été, elle eut au moins lieu dans les règles, bien qu'elle devînt ensuite une cruelle persécution ; mais ma réarrestation fut absolument dépouillée de formes, et tout ensemble le comble de l'iniquité : on me savoit alors innocent ; c'est d'elle et de ce qui s'ensuivit que j'appelle ici.

On affecta de la rendre une suite de ma premiere arrestation, tandis que, dans le fait, elle n'eut d'autre cause que le projet ci-joint, ainsi que je le démontre en son lieu.

Ce projet étoit-il de nature à la provoquer? n'étoit-

il pas, au contraire, le complément de ma justification?

Les circonstances qui accompagnerent et suivirent
ma réarrestation, je veux dire, les vexations, préva-
rications, violations de formes et infamies alors et
depuis commises à mon égard, ne sont-elles pas
elles-mêmes le complément de ma défense? C'est,
messieurs, ce que je vous prie d'examiner.

Vous en trouverez les détails appuyés de preuves,
dans la partie intitulée Résultat de ce Projet pour
son Auteur; mais la nécessité d'y être concis m'y a
encore restreint.

L'objet spécial de cette pétition est donc d'obtenir
d'être ouï sur le surplus.

Les titres dont je m'appuie dans la priere que je
vous fais, sont neuf années de service, ma jeunesse,
mes malheurs, ma conscience, mon état, mon avenir
que je perds et mes amis que j'épuise.

Je vous donne pour garants de mon innocence, le
ministre de l'intérieur, le tribun Delpierre, et tous
ceux qui m'ont lu ou entendu dans ma justification.

Quand on emploie des jours entiers à atteindre un
coupable, repousserez-vous un infortuné qui vous
crie : Je n'ai rien à me reprocher, on m'opprime, je
puis le prouver, veuillez seulement m'y admettre.

Je suis, etc.

Signé VILLIAUME.

Troyes, 15 octobre 1806.

PROJET D'ÉTABLISSEMENT

A PARIS,

D'UN BUREAU

GÉNÉRAL ET CENTRAL

DE PLACEMENT DE COMMIS, RÉGISSEURS, CONCIERGES, PERSONNES
DE CONFIANCE, OUVRIERS, DOMESTIQUES, ET AUTRES GENS A
GAGES DES DEUX SEXES.

L'extrême besoin, restreint à l'individu, fut souvent l'écueil de sa
probité; étendu à la multitude, il fut toujours la cause de violentes
commotions dans l'état. L'administration qui voit avec indifférence
les malheureux se multiplier est donc vicieuse. Que sera-t-elle, si,
pouvant leur tendre une main secourable, elle ne le fait pas? Elle le
pourroit ici sans qu'il lui en coûtât rien ; elle en retireroit même un
bénéfice réel. Lisez et jugez. **V.**

SOMMAIRE.

Soustraire une classe nombreuse d'individus
les plus malheureux de la capitale à mille pié-
ges qu'on leur tend ; prévenir leur ruine que
l'on précipite ailleurs ; en arracher une partie
à la prostitution ; offrir à tous une voie plus
économique, plus prompte et plus sûre d'arriver à leurs fins ; multiplier et faciliter les
communications entre les habitants d'une
grande ville, en les ralliant toutes à un même
centre, et faire que le public et l'ordre public

gagnent à ce ralliement ; soulager l'Administration générale de Bienfaisance et les Hospices,
en utilisant les personnes qui tombent à leur
charge, et en empêchant qu'elles n'y tombent ;
anéantir les causes du dérangement et de la
coalition des ouvriers ; donner plus d'activité
au commerce, à l'industrie, aux manufactures, fabriques et ateliers ; enfin opérer tout
ce bien et procurer en même temps une augmentation de revenu à la ville de Paris, sont,
j'ose le dire, des objets trop considérables pour
qu'on en dédaigne l'examen, et tels sont ceux
que réalisera l'exécution de ce projet. J'en
parle avec la confiance d'un homme qui les a
long-temps médités.

PREMIERE DIVISION.

Des inconvénients qui suivirent la désorganisation
de cet Etablissement, et des abus inhérents aux
petits bureaux qui lui succéderent.

Cet Etablissement existe à Londres, et y est dans
la plus grande prospérité. Transporté à Paris, il n'y
sera pas une innovation, puisqu'il y fut créé pour la
premiere fois en 1628, sous le ministere du cardinal
de Richelieu et sous la procure-générale de Mathieu
Molé. — L'ordre, le travail, et les opérations en furent réglés le 24 février 1640, par ordonnance du
lieutenant civil. — Il subsista sur ce pied pendant

près de cent soixante ans. Le bon ordre qui s'y ob-
servoit et le choix qu'on y mettoit dans les sujets, faisoient que toutes les classes de l'Etat s'y adressoient
avec confiance. — Il existoit encore en 1789; mais
l'unité de pouvoir ayant cessé dans l'administration
publique et municipale, il suffit alors de l'autorisation de sa section ou de sa mairie pour former des
établissemens particuliers de ce genre. — Bientôt ils
se multiplièrent, et il n'y eut plus de centre dans les
rapports.

Dès lors les maîtres, ouvriers, domestiques, commis, et en général toutes personnes qui eurent besoin les unes des autres, furent dans le cas de s'adresser çà et là, dans les différens bureaux établis sur
les divers points de Paris ; de cette dissémination
résulta, sinon l'impossibilité de se rencontrer, au
moins une difficulté et une lenteur extrêmes à trouver son objet de part et d'autre, tandis qu'auparavant
la réunion des demandes en accéléroit le succès : ce
qui ne convenoit pas à l'un convenant à l'autre, chaque chose trouvoit ainsi sa place, chacun étoit satisfait à peu de frais et sur-le-champ. — Maintenant on
n'y parvient plus (encore est-ce imparfaitement)
qu'en se faisant enregistrer dans tous les bureaux, ce
qui, par la multiplicité des droits qu'il faut y payer,
non compris le temps perdu et les renouvellemens
d'inscriptions (ils y ont lieu tous les mois), devient
très onéreux aux individus sans emploi, et notamment aux malheureux domestiques.

2

Le calcul en est facile; il y a, dans Paris, au moins vingt de ces bureaux, sans compter ceux des ouvriers: 1 fr. 50 c. de droit dans chaque (1) forment un total de 30 fr., ce qui fait déja vingt fois plus qu'il ne seroit pris dans l'établissement proposé ci-après, et feroit au moins cent fois plus, si je portois en compte les renouvellemens d'inscriptions qui ne manquent presque jamais d'y avoir lieu, puisque, pour le même droit (1 fr. 50 c.), qu'on modéreroit encore dans les cas d'un placement de courte durée, on auroit la totalité de Paris dans cet établissement, et que dès qu'on y seroit une fois enregistré, on devroit y être placé, et qu'on le seroit bien plus sûrement, promptement et convenablement qu'on ne l'est par ces bureaux.

Plus sûrement, parcequ'on le devroit sous responsabilité, et qu'il y auroit d'ailleurs une surveillance à cet effet; plus promptement, parceque n'y percevant pas de renouvellemens d'inscriptions, on n'y auroit aucun intérêt à prolonger; plus convenablement, parcequ'ayant un plus grand nombre de places à donner, lequel augmenteroit avec la confiance du public qui renaîtroit, on pourroit assigner à chacun celle qui lui conviendroit.

_____

(1) C'est ce qu'on y prend; jamais moins, plus quand on peut; et l'intérêt qu'on y porte aux individus inscrits est toujours en proportion de leurs déboursés.

Depuis lors, ce droit a été porté à 3 f. (*Note récente.*)

Pour peu qu'on y réfléchisse, il est aisé de voir que rien de tout cela n'est praticable dans le système de la pluralité des petits bureaux, et la cause en est simple : ne va-t-on que dans un seul? on n'a que le vingtieme des relations de Paris ; dans deux? le dixieme et ainsi de suite. Voilà pourquoi tant de gens, fatigués par les délais et absorbés par les frais, se résolvent enfin à prendre des places contraires à leur destination, et de-là tant de malheureux qui ne le seroient pas s'ils n'étoient jetés hors de leur sphère; ajoutons, et qui tombent tôt ou tard à la charge de l'administration générale de bienfaisance.

C'est même, la plupart du temps, l'impuissance où sont de jeunes personnes, d'ailleurs honnêtes, de fournir à tous ces frais, ce sont ces lenteurs et ces difficultés, enfin l'extrême et impérieux besoin qui en est la suite, qui les réduisent, souvent contre leur penchant, à se livrer à la prostitution. Que sera-ce maintenant que le décret du 3 octobre dernier ne leur accorde qu'un mois de séjour à Paris, lorsqu'elles y seront sans ressources et sans places...! ! ! C'est alors que la prostitution deviendra plus commune, puisqu'elle sera un moyen de s'affranchir des dispositions de ce décret qui n'atteint pas les filles publiques. De-là plus de libertinage, et par conséquent plus de malades dans les hospices, de filles mères à la Maternité et de bâtards aux Enfants-Trouvés. Ce décret, dira-t-on, n'atteindra que le vagabondage; bien de l'atteindre, mieux encore de le préve-

nir; car s'il naît ordinairement de la paresse, les difficultés de se procurer de l'ouvrage le provoquent
souvent et l'entretiennent toujours. Que deviendront
d'ailleurs tous ces gens, mis, sans ressources, hors
des barrieres? Ne conviendroit-il pas mieux d'assurer à ces infortunés un moyen sûr et prompt de se
placer? C'est à quoi tend ce projet.

Il est encore à observer que les directeurs de ces
bureaux, ne rendant compte de leurs opérations qu'à
eux-mêmes, et faisant la recette à leur profit, ont,
pour peu qu'ils soient malhonnêtes gens, intérêt à
l'augmenter par toutes sortes de moyens. — J'en ai
vu quelques uns, dans le temps où ils affichoient
leurs propositions, insérer des places imaginaires
dans leurs placards d'indications, afin d'attirer plus
de monde et de percevoir plus de droits d'inscriptions. J'ai vu plus; je les ai vus reproduire ces mêmes
places dans des affiches subséquentes, et cependant
après avoir répondu aux personnes qui s'étoient pré-
sentées lors des premieres annonces : *que ces places
étoient déja données.* N'étoit-ce pas, trop évidem-
ment, de l'argent et des dupes qu'ils vouloient faire?

C'est pourtant dans ces bureaux que se présentent
tous les domestiques qui arrivent à Paris. Bientôt
ils en reconnoissent l'abus et n'y retournent plus.
Alors ils se font inscrire dans les Petites-Affiches; ils
y paroissent une matinée pour 1 fr. 50 c.; s'il fait
mauvais ce jour-là, personne n'est tenté de se rendre

à leur adresse; leur argent est perdu, et le lendemain il faut qu'ils en déboursent derechef, etc. etc. Ces affiches sont donc infiniment ruineuses pour eux, sans qu'ils en retirent presque aucun profit. Leur suppression, dans cette partie seulement, est même à desirer sous le rapport des mœurs, puisque c'est par ces affiches que les *matrones* se procurent les jeunes filles qu'elles sacrifient à la débauche; y voient-elles *de jeunes personnes de quinze à seize ans, d'un physique agréable, arrivant de leur département,* etc., les voilà à leur poursuite, et ces jeunes personnes introduites dans un intérieur trompeur par le décor : bientôt la séduction du vice, l'amour du luxe, et le torrent les entraînent, et leur perte est certaine. Que de célibataires et de vieux libertins tirent aussi parti de ces affiches...!

La position de l'ouvrier qui arrive à Paris n'est pas non plus sans inconvéniens. Il se présente d'abord dans un atelier de sa profession. Ce sont des compagnons qui lui font payer *la bien-venue,* et qui ne le quittent pas qu'ils n'aient épuisé ses ressources. On le conduit ensuite dans une maison de réunion où se rendent les ouvriers de son état, et où les maîtres vont les demander : c'est ordinairement un endroit où l'on boit et où l'on fume; de là les déréglemens, les coalitions, etc., etc.; enfin la préférence toujours accordée par les teneurs de ces maisons aux ouvriers qui y dépensent le plus et par conséquent aux plus mauvais sujets, au préjudice de l'honnête père de famille, qu'ils n'indiquent aux maîtres que lorsqu'ils n'ont plus de privilégiés à proposer.

La suppression de ces bureaux et la réorganisation de l'ancien seroient donc un bienfait pour le public et particulièrement pour les gens à gages. C'est en conséquence de ce, que je propose l'une et l'autre, avec offre de rétablir l'ancien bureau, sous le bon plaisir et la protection de l'autorité, à Paris, à mes frais, et dans un quartier rapproché du centre de cette ville.

Des sections particulieres y seroient affectées aux différentes classes d'aspirans, tant pour simplifier le travail, que pour prévenir la confusion des personnes, c'est-à-dire, faire, autant que cela se pourroit, que l'homme honnête, mais infortuné, n'essuyât pas l'humiliation de se voir confondu *péle-méle* avec toutes sortes de gens, comme cela a lieu dans les petits bureaux.

Deux sortes de registres y seroient ouverts, les uns aux places offertes, les autres à celles demandées. Ces derniers se tiendroient à quatre colonnes. La premiere contiendroit les noms, âges, et demeures actuelles des aspirans aux places, les endroits et maisons d'où ils sortiroient; la deuxième les talents et qualités qu'ils annonceroient posséder, et les gages ou appointements qu'ils demanderoient; la troisième les certificats dont ils seroient porteurs et les personnes en état d'attester leur moralité; la quatrieme les endroits et maisons dans lesquels le bureau les placeroit, et la date de leur placement.

La recette s'y feroit au bénéfice de la ville, et la vérification s'établiroit par le nombre des inscriptions portées sur les registres. Elle seroit vérifiée quand et par telle personne qu'il plairoit à l'autorité de désigner, et je fournirois en outre *tel cautionnement* qui me seroit prescrit pour fidélité, sûreté et honnêteté de ma gestion et de mes opérations.

DEUXIEME DIVISION.

Des avantages qui résulteroient de la réorganisation de cet Etablissement.

L'existence des petits bureaux de placement est absolument ignorée dans les provinces. Un grand établissement y seroit bientôt connu. On pourroit même l'étendre à chacune des premieres villes de l'Empire, c'est-à-dire, créer dans chacune d'elles, un établissement de même genre qui correspondroit avec celui de Paris, ensorte que, lorsque les ouvriers de certains corps de métiers viendroient à manquer dans une ville et à abonder dans une autre, on pourroit se les renvoyer et les utiliser.

La province tireroit de ce bureau tous les sujets qui lui manqueroient. Y a-t-on besoin d'un domestique ? il faut le prendre dans la campagne et l'instruire, ce qui est pénible pour bien des maîtres. S'adressent-ils à un ami de la capitale ? celui-ci craint de se compromettre, et de trente sujets qu'il voit, pas un ne se soucie de partir pour les départements. Il en seroit différemment d'un centre où tout se rapporteroit ; voilà comme les individus sans emploi dans la capitale trouveroient à s'en procurer au dehors.

Si l'on objecte qu'un seul établissement occasionneroit des courses trop longues, c'est de le placer dans un quartier voisin de la préfecture; tous les domestiques étant obligés d'y aller prendre leur bulletin, ils n'auront plus qu'un pas à faire. D'ailleurs ce qui, dans les subdivisions, est rapproché pour certaines personnes se trouve extrêmement éloigné pour d'autres. Par exemple, le bureau des perruquiers, placé rue de Thionville, est très près des habitants de ce quartier, mais très éloigné de ceux qui habitent le Roule ou le faubourg Saint-Antoine. Les centres seront donc toujours avantageux, comme la facilité des communications le sera toujours au commerce.

Parlerai-je des individus de province qui, arrivés à Paris, négligent d'écrire à leur famille et se trouvent en quelque sorte perdus pour elles? Une succession s'ouvre, mille intérêts divers les rappellent: où les trouver? L'établissement proposé en offriroit les moyens: eût-il placé le même individu dans vingt maisons différentes, qu'on pourroit l'y suivre et le retrouver au besoin; voir en un clin-d'œil si tel ou tel a passé au bureau, à quelle époque, et ce qu'il est devenu. Pour cela, on y tiendroit des cartes nominatives de ceux qui s'y seroient fait inscrire, et que l'on

classeroit alphabétiquement; à la suite des noms seroit le numéro de leur enregistrement et du livre qui
l'auroit reçu; puis dans celui-ci le numéro des places
données, ce qui ne grossiroit pas infiniment le travail
et seroit d'une grande utilité pour les recherches des
particuliers.

Ces cartes et les avantages qu'elles présentent, sont
encore impraticables dans le systême de la pluralité
des petits bureaux.

Les maîtres, en les consultant, seroient assurés d'y
trouver des domestiques à leur choix, puisqu'ils y
verroient depuis combien de temps ils sont en service, le nombre des maisons dans lesquelles ils ont
été, ce qu'ils savent faire et les témoignages rendus
sur leur compte.

Enfin je ne vois dans la capitale aucun établissement
pour les apprentis, et je ne connois pas de ville qui
en ait plus besoin. On pourroit leur affecter une section dans celui que je propose. Tel maître desire un
jeune homme de Paris, parceque sa profession néces-
site des courses qui exigent la connoissance de cette
ville, on lui en donneroit un de Paris; tel autre a
une profession sédentaire et voudroit avoir un jeune
homme de province, on lui en donneroit un de province. — Les peres et meres iroient proposer à cette
section l'espece d'état qu'ils voudroient donner à
leurs enfants, le temps et les conditions qu'ils met-
troient à leur apprentissage. Les maîtres se régleroient
là-dessus.

TROISIEME DIVISION.

Des produits qu'offre cet Etablissement.

Il y a, dans Paris, quinze bureaux de placement d'ouvriers accrédités par la police. Ils n'embrassent que 90 professions différentes, et il y en a 480, d'où il suit que 390 manquent de bureaux de placement, sans doute parceque, prises isolément, elles ne sont pas assez nombreuses pour subvenir à l'entretien d'un bureau particulier de ce genre ; aussi éprouvent-elles souvent la disette des ouvriers, et l'impuissance de satisfaire à des commandes.

Ces 480 professions, d'après le tableau des patentes, présentent un nombre de 40,000 maîtres, non compris, 1° ceux qui exercent plusieurs professions à la fois, et qui ne paient qu'une patente ; 2° ceux qui sont dispensés d'en prendre, tels que les blanchisseurs, filateurs de laines et cotons, certains artistes, graveurs, etc. (*Loi du 1ᵉʳ brumaire an 7*) ; 3° ceux qui, n'étant pas en évidence, échappent à cette perception, tels que les brodeurs, passementiers, bijoutiers, etc., logés à des 2ᵉ, 3ᵉ et 4ᵉ. D'où il suit que le nombre des maîtres exerçant à Paris, peut être évalué, sans exagération, au moins à 45,000 ; ce qui suppose une double quantité d'ouvriers.

M. Malte-Brun, géographe estimable, et très à portée de juger de cette matière par ses connoissances en statistique, pense qu'il y a plus de 100,000 ouvriers à Paris, et près de 80,000 domestiques, en y comprenant les portiers, gardes-malades, cochers de fiacres, et en général toutes personnes qui louent leur temps et leurs services. MM. Allard, inspecteur des contributions, auteur de l'Annuaire Statistique du département de la Seine, et de La Tinna, rédacteur-propriétaire de l'Almanach du Commerce, également à portée, par la nature de leurs travaux, d'émettre leur opinion dans l'espece, pensent à-peu-près de même; tous s'accordent sur l'utilité de cet établissement.

Un aussi grand nombre d'ouvriers et de domestiques, comparé à la population de Paris (547,756) étonnera; mais tous les calculs faits à cet égard, et tous ceux qu'on pourra faire par suite, ont été et seront nécessairement toujours inexacts, précisément dans le sens du compte que je viens d'établir; je veux dire que l'inexactitude sera à l'avantage de ce compte, ou, pour mieux m'exprimer, que ce qui excède le nombre des 547,756 individus comptés dans la population de Paris, doit être présumé appartenir au dénombrement que je viens de faire des ouvriers, parce que ce sont ceux-là qu'il est difficile de bien compter. 1° Ils n'ont qu'un domicile ambulant qu'ils transportent alternativement d'un quartier dans un autre. 2° La plupart logent en garni dans des hôtels, auberges ou gargotes, et ces maisons ne sont comptées que pour un ménage dans les relevés de population ; voilà comme on donne aux provinces une partie de la population de Paris, et justement celle que je réclame aujourd'hui. Au reste, il est notoire que la presque totalité de cette ville vit de son industrie et de son travail, les grandes fortunes et les fonctionnaires étant à cet égard une foible exception. 3° Beaucoup d'ouvriers vivent et habitent avec des filles ou ouvrieres elles-mêmes ; le loyer est au nom de celles-ci, et, dans les recensements, les propriétaires ou principaux locataires n'indiquent qu'elles, soit parcequ'ils ne doivent connoître qu'elles et qu'ils ne peuvent s'immiscer dans leur intérieur, dont au surplus, pour l'honneur de leur maison, il leur répugneroit de s'expliquer. Enfin, soit feinte sagesse (envie de passer pour honnêtes) ou crainte d'augmentation dans un loyer qu'elles ont pris pour elles seules, ces filles elles-mêmes se taisent là-dessus.

Je crois avoir suffisamment prouvé l'existence de 180,000 ouvriers et domestiques à Paris. Une étude constante de leur mouvement m'a démontré que l'un partant l'autre, ils permutoient au moins trois fois l'année, sur-tout les ouvriers qui, par la nature de leur état, y sont la plupart nécessairement obligés.

On m'observera que beaucoup de domestiques trouvent à se replacer d'eux-mêmes ; oui, mais c'est rarement sans avoir essàyé la voie des Petites-Affiches ou des petits bureaux, et ce le sera bien plus fréquemment maintenant que, pressés par la crainte d'être renvoyés de Paris, ils savent n'y avoir plus

| qu'un mois de séjour lorsqu'ils y seront sans place. On peut même dire des domestiques pourvus, que, sans quitter leur condition, ils n'en essaient pas moins cette voie dans la vue de trouver mieux. Au surplus, les exceptions qu'on pourroit faire à cet égard sont balancées par une quantité prodigieuse d'individus que je n'ai pas comptés, et que le décret précité ni aucun réglement de police ne frappent, tels ceux qui ont une modique existence et cherchent des placès dans le commerce, les régies particulières, etc.

Mais, afin de prévenir toutes objections, je ne porterai en compte ni ces derniers individus, ni les inscriptions en pure perte ci-dessus mentionnées, et dont l'établissement hériteroit s'il étoit unique, ni ce que lui rapporteroient les demandes des départements, ni celles de la plupart des employés qui cherchent de l'occupation pour le soir; je réduirai même le nombre des 180,000 ouvriers et domestiques existant à Paris, à 150,000, puis leur permutation à une seule par année, ce qui, à 1 fr. 50 c. de droit de placement, donnera 225,000 fr. par an; s'il le faut, je réduirai même cette permutation à une fois tous les deux ans, ce qui présentera encore 112,500 fr. de recette, sur lesquels la ville seroit bien sûre d'avoir 60,000 fr. de bénéfice, frais d'établissement et de vérification payés.

Enfin, de quelque façon qu'on l'envisage, les bénéfices sont toujours certains pour elle, puisque,

dans l'hypothese d'une recette moindre, l'établissement coûteroit moins, ses produits devant être en
raison des inscriptions qui y auront lieu, et celles-ci
en raison des accroissements qu'il recevra, ce qui
déterminera le nombre des commis et l'étendue de
la localité qu'il faudra. J'aurois d'ailleurs pu, et
avec quelque raison, comprendre dans le dénombrement des ouvriers et domestiques de Paris (quant à
la recette seulement), ceux de Versailles et des principaux endroits du département de Seine-et-Oise qui
entoure Paris, et en tirent les sujets dont ils ont
besoin.

L'utilité de cet établissement, que l'humanité et
des considérations de mœurs sollicitent également,
est donc incontestable. Je donnerois à cet égard plus
de développement à mes vues; mais un vieil axiome
que je me rappelle à propos (*la lumière ne se prouve
pas*), et qui doit être la regle des écrivains qui trai-
tent de matieres aussi claires, me prescrit d'en borner ici la discussion.

Signé VILLIAUME.

EXTRAIT

D'une Lettre et d'une Note adressées par l'auteur au Conseil-général du département de la Seine, faisant fonction de Conseil-municipal de la ville de Paris.

Messieurs,

La ville de Paris a des besoins qui y nécessitent journellement de nouveaux impôts ; la perception que j'ai l'honneur de vous proposer aura du moins l'avantage de n'exciter aucune plainte, mais, au contraire, d'être accueillie avec reconnoissance, puisqu'elle ne pourra être envisagée comme un fisc, dès que les domestiques et ouvriers ne seroient pas obligés de se présenter à ce bureau, qui ne seroit, en effet, qu'une préférence économique qu'on leur offriroit sur les autres voies qu'ils ont de se placer, et qui toutes sont très-coûteuses pour eux.

Cet établissement ressortissoit autrefois des échevins et du prévôt des marchands, que le préfet du département et le conseil-municipal de la ville de Paris représentent aujourd'hui. S'il s'est perdu dans la révolution, et si la préfecture de police, alors bureau central, s'est exclusivement emparée de ses débris dans des temps où il n'y avoit pour ainsi dire plus d'autorité locale qu'elle, ce n'est ici qu'un empiétement, et il n'a jamais consacré le droit. Quelle que soit la durée de cette possession, elle ne peut établir de prescription, puisqu'on ne peut en opposer en matiere d'utilité générale.

Le préfet de police a bien la prérogative de police d'ordre et de discipline sur les domestiques et ouvriers; mais les moyens d'utiliser les uns et les autres, les indigents, l'administration générale de bienfaisance et les hospices, ce qui s'y rattache; les produits locaux, l'économie publique, et tout ce qui tend à donner plus d'activité au commerce, à l'industrie, aux manufactures, fabriques et ateliers, regardent particulierement le préfet du département; l'autre n'a que l'inspection, non encore dans le matériel, mais seulement dans le mouvement des individus. Enfin le bien de la chose semble le demander ainsi; d'où il suit que cet établissement, quant à Paris, entre également dans les attributions des deux préfets, et spécialement dans celles du ministre de l'intérieur, notamment sous le rapport des mœurs, et celui de son extension à chacune des premières villes de l'empire.

Paris, 6 décembre 1810.

Pour copie conforme,

Signé VILLIAUME.

RÉSULTAT

DE CE PROJET POUR SON AUTEUR.

Voir la note (1).

S'assurer d'un homme que l'on soupçonne être dangereux est légitime : tout ce qui va au-delà sans qu'il y ait de nécessité est abus de pouvoir.

On a dit, des projets de l'abbé de Saint-Pierre, qu'ils étoient des rêves d'un homme de bien et qu'on les avoit rarement suivis ; mais on n'a jamais dit qu'on eût persécuté leur auteur pour les avoir faits, et c'est en quoi il fut plus heureux que moi ; car celui qu'on vient de lire, et qui étoit assurément d'un citoyen dans ses vues, d'un philantrope dans son objet, et d'un homme sensé dans son calcul, me valut (le croira-t-on ?)*, d'être réarrêté et précipité à Charenton,

---

(1) NOTE ESSENTIELLE. Ce projet fut originairement concerté entre l'Administration générale de Bienfaisance et moi. Après l'avoir apprécié, le tribun Delpierre l'adressa lui-même, au ministre de la police, *sur la fin d'août* 1805, *et on commença à m'inquiéter dès les premiers jours de septembre suivant.* CE RAPPROCHEMENT me fit pressentir que mon projet en étoit cause. J'y renonçai ; et on ne m'inquiéta plus. Six semaines après, j'eus le malheur d'en suivre l'exécution auprès du ministre de l'intérieur ; la préfecture de police le sut, et me réarrêta cinq jours après ; mais il faut lire ce qui suit pour voir comment, et frémir.

3

maison spécialement affectée à la réclusion et au traitement des aliénés.

Mon crime fut d'avoir contrarié les intérêts des directeurs des petits bureaux de placement qui tiennent tous leur place de la préfecture de police et qui, par conséquent, y ont des AMIS; j'ai déjà dit qu'ils faisoient la recette à LEUR profit, *et cætera*............ et j'avois, moi, la *sottise* de vouloir la faire au bénéfice de la ville, et de proposer, pour le soulagement des malheureux, une réduction d'un tiers dans les droits....!

Quoique l'Etat eût été le prétexte de ma seconde arrestation, ce projet en fut incontestablement la cause unique et secrète. La preuve en résulte de l'empressement avec lequel on se saisit, en m'arrêtant, de tout ce qui y avoit rapport, et de l'indifférence marquée que l'on témoigna pour tout ce qui lui étoit étranger.

Ce qu'il y a de certain, c'est que lui seul auroit dû, et par son objet et par sa contexture, me servir de défense, soit que l'on me considérât comme un homme dangereux ou comme un homme atteint de démence, et il étoit, depuis plus de vingt jours, dans les bureaux de la préfecture de police, d'où il suit qu'on ne pouvoit y être fondé à me croire aliéné; cependant ce fut d'elle qu'émana l'ordre de m'arrêter, et tous ceux qui s'ensuivirent.

Formes, respect dû aux personnes, droits d'asile et de citoyen, tout fut impunément violé par l'agent chargé de son exécution.

Ce fut un pistolet à la main qu'il se présenta le 13 novembre 1805 à l'hôtel où je logeois ; il mit cette arme sous la gorge du portier en le sommant d'indiquer l'appartement que j'habitois (1).

C'étoit le matin, j'étois encore au lit, je dormois sans défiance, et, certes! je ne prévoyois guere quel alloit être mon réveil : il fut horrible : ma porte s'ouvrit tout-à-coup avec fracas ; j'aperçus deux gardes, un commissaire de police, deux inspecteurs, et l'officier de paix porteur de l'ordre, criant : *Sautez-moi sur cet homme-là ; des cordes, liez-le, voyez partout s'il n'a pas des pistolets, de la poudre, et des poignards.....* et il n'y en avoit que dans les poches de ce misérable, et l'innocent et malheureux Villiaume n'avoit seulement pas une épingle à mettre à sa chemise quand il se leva.....

Qui n'aperçoit que tout ce scandale ne fut affecté que pour couvrir l'absence des griefs, et tromper le public en lui insinuant que j'étois coupable de quelque *gravité ;* mais les locataires de mon hôtel n'en furent pas dupes, ils me connoissoient et virent bien que tout ce tapage cachoit quelque dessous honteux.

N'y eût-il, pour le prouver, que la maniere différente dont on en usa la premiere fois que l'on m'arrêta : on ne se servit alors ni de gardes, ni de pisto-

---

(1) Cet attentat, qui est plutôt un guet-à-pens que l'œuvre d'un agent de l'autorité, fut impuni dans son auteur, et eût été, dans un simple particulier, déféré à la cour de justice criminelle, seule compétente pour en connoître.

lets, ni de *hurlements;* pourtant on ne me connoissoit
pas, et on pouvoit, par conséquent, être porté à me
croire dangereux; mais cette seconde fois on avoit,
pour être assuré du contraire, la patience avec laquelle je m'étois résigné durant ma premiere captivité,
et les soumissions faites de me représenter après mon
évasion. Ce contraste en dit plus que toutes les réflexions que je pourrois faire.

Ce fut à la préfecture de police qu'on me conduisit
et de là à Charenton, sans me soumettre à l'examen
préalable d'un conseil de santé. C'étoit me traiter en
aliéné manifeste; et, ce qui est à remarquer, c'est que
tout en me traitant ainsi on s'étoit emparé, en m'arrêtant, de mes papiers, parmi lesquels se trouvoit ce
projet. Depuis quand, je le demande, se saisit-on
des papiers d'un insensé?

Ils furent mis sous une enveloppe scellée de mon
cachet, lequel ne devoit être rompu qu'en ma présence; et, au mépris des formalités prescrites à cet
égard, il le fut sans que j'y assistasse : qu'on me dé-
mente, s'il se peut, par la production d'un procès-
verbal d'ouverture?

On ne daigna pas même m'interroger, moi que
l'on venoit d'arrêter comme on arrêteroit un brigand
consommé; cependant le devoir d'un magistrat est
de s'assurer de l'innocence ou de la culpabilité de
celui contre lequel il sévit; et, pour y parvenir, son
premier acte à faire doit être de l'entendre. Je demandai à l'être, mais vainement. Qu'auroit-on eu à me

reprocher? Rien; et on avoit tout à craindre de la force de mes raisons. Ce déni de justice, je le prouve encore par le défi que je fais de produire un interrogatoire. Sont-ce là des preuves?

On m'interdit, à Charenton, la faculté d'écrire à l'autorité et toutes communications tant au dehors qu'au dedans. Placé d'abord dans le corridor le plus malsain de la maison, on m'enferma, deux jours après, dans une chambre obscure, ou plutôt dans une glacière directement située au nord. Une porte qui joignoit mal, une cheminée dans laquelle il m'étoit défendu de faire du feu, et une lunette, pratiquée à des lieux d'aisances, y entretenoit un courant d'air qui m'affligea d'un rhumatisme, m'ôta l'usage d'une de mes jambes, et causa la perte absolue de ma santé, que neuf années de bivouacs et les hasards de la guerre avoient épargnée (1).

Qu'on se peigne, s'il se peut, l'horreur de ma situation et le deuil de mes pensées tant qu'a duré mon séjour dans ce sépulcre. Je n'y apercevois ni le soleil ni une figure humaine; on m'y passoit les aliments à travers un guichet; je n'y recevois de jour que par une toile d'emballage tendue sur mes croisées, qui manquoient de vitrages. Je demandai d'y en faire mettre à mes frais; le directeur ne le voulut pas; il

_____

(1) On verra, dans la deuxième partie de ces Mémoires, comment et par quels efforts je parvins à la rétablir. (*Note récente*)

ne voulut pas même me permettre d'envoyer mon nom avec la date du mois à mes amis, ce qui eût été sans conséquence pour lui comme pour l'Etat, si l'Etat eût été pour quelque chose dans cette rigueur, et les eût au moins consolés sur mon existence. Le dirai-je? il porta la cruauté jusqu'à les repousser, eux que ma mauvaise fortune n'avoit pu lasser; et cela où? dans une maison instituée pour le soulagement de l'humanité..... et par qui? par une croix-d'honneur..... Impitoyable geolier, j'ai vu Bicêtre, j'ai vu le Temple, j'ai vu la Force, ce sont là des hospices!!! . . . .

. . . .

. . . .

. . . . . La plume m'échappe!.... J'étois plein de jeunesse, de force et de vie, quand j'entrai dans ce lieu d'horreur, dit de bienfaisance, et c'est avec des crosses que j'en suis sorti! J'y serois mort, si la sollicitude du ministre de l'intérieur ne m'en eût arraché.

Ce bon ministre (M. de Champagny), que j'avois eu l'honneur de voir la veille de mon arrestation, et à la bienveillance duquel mon projet m'avoit été un titre lorsqu'il me fut un sujet de persécution ailleurs, ayant appris, par mes amis, ma translation à Charenton et le triste sort que j'y subissois, manda le directeur de cet établissement, lui fit une mercuriale qui adoucit d'abord ma situation, et se hâta ensuite d'écrire au préfet de police pour lui remontrer l'injustice de ce traitement.

Hé bien! le croira-t-on? Quand, par ses soins, il ne fut plus possible à la mauvaise foi de me retenir à Charenton, ni de m'imputer de démence, ce fut à la Force qu'on m'envoya, et en criminel d'état qu'on me transforma.

Cette métamorphose ne pouvoit se soutenir : on n'est pas en démence, et on n'a pas une opinion politique tout ensemble. J'avois d'ailleurs d'autres moyens de justification ; je les fis valoir ; alors on prétendit me retenir pour dettes ; des permissions de me voir furent même délivrées à ces clauses à mes amis.

Je ne devois rien ; j'offrois au surplus de payer ce qu'on me prouveroit devoir : on ne me répondit pas.

J'allois écrire au tribunal de commerce pour savoir s'il y avoit des jugements de pris contre moi, et si la forme de procéder contre un débiteur étoit de le conduire d'abord à Charenton ; lorsque, craignant la suite de ces informations, on retira prudemment ces permissions; mais elles ont été vues par M. de Champagny, et c'est là, je pense, un témoin qu'on ne peut récuser.

Successivement accusé de démence, de crime d'Etat et de dettes, et m'en étant complétement justifié, je croyois une quatrième imputation impossible, mais je me trompois. On prétendit, en derniere analyse, que j'étois un homme dangereux. Pour le coup, ce

reproche vague et indéterminé, dans lequel on se re-
trancha, me ferma la bouche : on est dangereux de
tant de façons, que je ne sus plus que dire.

J'étois au désespoir. Je ne décrirai pas tout ce
qu'on fit pour m'y mettre, ni les ressorts secrets et
indirects qu'on employoit pour me monter la tête et
m'amener à avoir au moins un reproche plausible à
me faire; les détails en seroient dégoûtants.

J'abrege. Il y avoit plus de six mois que cette lutte
duroit, lorsque je parvins à faire remettre une pétition au préfet de police (Dubois). Elle avoit pour
objet d'être entendu, et étoit motivée sur des raisons
si fortes, qu'il y fit droit.

Un de ses préposés eut ordre de me venir entendre, mais il ne voulut rien recevoir par écrit; ce fut
verbalement qu'il m'ouït, ensorte qu'il n'existe dans
ma liasse que les calomnies débitées sur mon compte,
et rien à leur opposer pour ma justification.

J'ignore quel rapport il aura fait à son chef, mais
s'il eût été tel que j'avois lieu de l'attendre, j'aurois
très certainement recouvré ma liberté définitive; et
elle ne me fut rendue que pour être envoyé en surveillance à Troyes; encore exigea-t-on que je four-
nisse caution de quitter Paris sur-le-champ; on ne
m'y accorda pas seulement une heure de répit, sans
doute par la crainte que je n'y visse des personnes
considérables qui s'étoient fortement intéressées à
ma cause, et que je ne leur racontasse tout ce qu'on
vient de lire. Tel est encore, je le présume, le grand

obstacle qui s'oppose actuellement à ma rentrée dans la capitale (1). Mes torts, je ne crains pas de le dire, sont d'avoir trop clairement raison; ils sont sur-tout dans le mal qu'on m'a fait gratuitement, et ces sortes de torts, on le sait, sont de ceux que l'on pardonne le plus difficilement.

Je vis, avant de sortir de Paris, le chef de division Bertrand; il me prit la main, me la serra, et me dit que mon exil n'étoit qu'une forme, qu'il ne dureroit pas deux mois; que j'eusse à lui écrire quand je voudrois solliciter mon rappel, et qu'il m'aideroit de tout son pouvoir.

O perfidie!... Je le quitte, j'arrive à Troyes, et y trouve des instructions sorties de son bureau, portant en substance *que j'étois sujet à des alternatives fréquentes de démence; que j'avois donné plusieurs fois des signes de cette maladie, et que j'avois en outre une tête très exaltée.* Eh! qui ne s'exalteroit à de semblables imputations? Quoi donc! on exigera que je me contienne, lorsque secrètement on mettra tout en œuvre pour me soulever!

Je me contins cependant; je fis plus: les deux mois révolus, je chargeai un de mes amis de communiquer au même Bertrand, avant de les envoyer au ministre, le certificat et la pétition dont copies suivent. Ces deux pieces auroient dû, ce me semble, le

(1) Faire attention que c'est de Troyes, lieu de mon exil, que j'ai publié ce mémoire. (*Note récente.*)

satisfaire s'il eût été de bonne foi; mais un dernier trait que je rapporterai, prouvera qu'il ne l'étoit pas. Voici ces pieces :

« Nous soussignés, certifions et attestons n'avoir
« remarqué dans M. Villiaume, depuis qu'il est exilé
« dans cette ville, que des sentiments d'attachement
« au gouvernement, ce qui, joint à sa conduite sage
« et honnête, lui a mérité notre estime, et les vœux
« que nous faisons pour l'obtention de la levée de sa
« surveillance, qu'il nous a dit vouloir solliciter.
« Pourquoi nous lui délivrons le présent, pour lui
« servir et valoir ce que de droit. Troyes, 19 juillet
« 1806. »

Le préfet, le maire, les commissaires de police, les notables, et toutes les autorités signerent ce certificat, que j'adressai au ministre de la police avec la pétition suivante :

« Monseigneur,

« J'ai l'honneur d'adresser à V. Exc. un certificat
« qui, sans énoncer mes peines, atteste mes senti-
« ments, ma conduite, et exprime mes desirs. Je le
« dépose à vos pieds avec mon espoir, mon respect,
« et ma confiance dans votre justice.
« Je suis, etc. etc. »

Je ne reçus aucune réponse à cet envoi, et je ne m'en étonne pas.

Fatigué de n'obtenir aucune solution, et d'ailleurs réduit, après avoir perdu ma fortune, à l'impuissance

d'exister dans une ville qui ne m'offroit aucune ressource (1), je pris le parti de faire un voyage secret
à Paris, d'y voir mes protecteurs, et de les engager à
renouveler leurs bons offices pour moi.

J'y arrivai le 5 septembre 1806; j'écrivis au ministre de l'intérieur le 6; j'en reçus le 7 une lettre de
rendez-vous pour le 8.

Je lui remis, dans cette entrevue, quelques pieces
justificatives, qu'il eut, ainsi qu'il me le manda par
sa lettre du 10, la bonté d'envoyer et de recomman-
der au conseiller d'Etat Pelet, chargé de l'arrondis-
sement de la police générale dans lequel se trouve la
ville de Troyes.

Le 13, M. Pelet écrivit au préfet de l'Aube. Il pa-
roît, aux termes de la lettre de M. Pelet, qu'il venoit
aussi d'écrire à la préfecture de police, et d'en recevoir une réponse dans laquelle on s'obstinoit encore
à me prétendre en démence; du moins le donne-t-il

_____

(1) Elle en eût offert, que je n'aurois pu y prétendre; la
réprobation dont me frappoit ma surveillance ne permettant ni
aux fonctionnaires publics, ni aux chefs d'administration de
m'associer à leurs opérations, ni aux négociants ou manufactu-
riers de m'employer, par l'impuissance où elle me mettoit de
voyager. Quel est d'ailleurs celui qui auroit osé me confier le
maniement de ses affaires, quand des instructions revêtues d'un
caractere authentique insinuoient que j'étois sujet à des alternatives de démence? Ces instructions étoient notoirement ca-
lomnieuses; mais elles n'en ont pas moins produit leur effet,
comme elles n'ont pas été sans dessein de la part de leur auteur.

à entendre par cette phrase, dont la locution, soit dit en passant, marque assez ce qu'il en pensoit. « *Ils* « *prétendent toujours, à la préfecture de police, que* « *ce jeune homme est atteint de démence, et a de* « *plus la tête très exaltée.* » (C'est là le dernier trait que j'ai annoncé comme étant propre à caractériser la mauvaise foi de Bertrand. Quoi! me prétendre encore en démence, même après la communication du certificat rapporté ci-dessus? récuser ainsi le témoignage d'une ville entiere!..... Oh! pour le coup, la charge est trop forte; j'espere qu'on reconnoîtra sans peine que l'être qui en fut capable, le fut bien aussi de me prêter des intentions que je n'avois pas lors de ma premiere arrestation.) « *Cependant,* » continue M. Pelet, après avoir demandé un rapport sur mon état moral, « *sachez quels sont ses projets* « *s'il obtient la levée de sa surveillance, si c'est à* « *Paris qu'il pense revenir, et quels y seront ses* « *moyens d'existence.* »

M. le préfet de l'Aube m'ayant écrit à cet égard, voici la réponse que je lui fis, et qu'il joignit à la sienne, dans laquelle il assuroit qu'il s'en falloit infiniment que je fusse en démence; qu'ayant de fréquentes occasions de s'entretenir avec moi, il avoit, au contraire, remarqué beaucoup de justesse dans mon raisonnement, etc.

« Monsieur le préfet,

« Je viens de recevoir la lettre que vous m'avez

fait l'honneur de m'écrire. Veuillez, je vous prie, répondre à M. Pelet que j'exige plus de moi qu'il n'en exige lui-même.

« C'est à Paris, où sont mes bienfaiteurs, mes protecteurs et mes amis que je me propose d'aller, si j'obtiens la levée de ma surveillance ; mais, en la sollicitant, je me suis imposé deux obligations sans lesquelles son obtention me coûteroit beaucoup.

« La premiere de fournir caution : sûr de ma conscience, je ne crains pas de me lier en donnant des garants de mes actions.

« La deuxieme de me rendre, immédiatement après mon arrivée, dans les bureaux de M. Pelet, et de m'y justifier des reproches qui m'ont été faits, me soumettant à revenir sur-le-champ à Troyes et à y rester indéfiniment en surveillance, si ma justification ne le satisfait pleinement.

« Mes moyens d'existence se fondent sur quelques foibles talens, mon grand amour pour le travail et des espérances de ma famille.

« Je suis, etc.

« Troyes, le 19 septembre 1806. »

C'étoit là, je crois, faire tout ce que je pouvois, et m'imposer des obligations bien rigoureuses. Cette lettre, jointe à celle du préfet de l'Aube, auroit dû, sans contredit, aplanir les difficultés que l'on prétendoit s'élever contre ma rentrée à Paris. Hé bien !

j'appris hier que j'étois condamné à n'y jamais ren-
trer. Qui s'y oppose? La préfecture de police. Pour
quelles nouvelles raisons? On ne m'en instruit pas;
je ne sais même si elle en donne ou si celles qu'elle
donne sont toujours les mêmes; mais, plus franc
qu'elle, je les ai nettement indiqués ci-dessus: mon
retour l'effraie.

Quand je dis préfecture de police, on pense bien
que je n'entends parler que de Bertrand et consors;
eux et lui savoient que je n'étois pas aliéné quand on
me conduisit à Charenton.

De quelques pieces, rapports, ou prétextes dont ils
s'appuient pour établir qu'ils étoient fondés à me
croire en démence, je demande à être admis à les discuter, les déclarant controuvés, ainsi que tout ce qui
a été dit et écrit, tant sur ma premiere que sur ma
seconde arrestation.

Ma transplantation subite d'un monde honnête à
Bicêtre, entrepôt de forçats; mes malheurs et ce dont
on m'accusoit, m'avoient, à la vérité, affecté dans le
principe de mon arrestation. Il a pu, dans ces circonstances déplorables, m'échapper quelques lettres
qui se sentoient de l'affection de mon esprit; mais,
transféré postérieurement au Temple, j'y étois en
possession d'écrire les mémoires, adresses, et réclamations des détenus aux autorités (jusqu'à ce qu'enfin on m'eut fait passer pour agent de police); et en
supposant, ce qui n'est pas, que j'eusse été aliéné

treize mois avant, étoit-ce une raison de m'envoyer à Charenton treize mois plus tard ? Je n'y subis, au surplus, jamais de traitement, ce qui peut se vérifier par l'inspection des livres de cette maison. Est-ce encore là une preuve?

A me voir traiter de la sorte, on s'imaginera sans doute que j'étois un être isolé que personne ne réclamoit ; on se trompe : jamais prisonnier d'état ne fut plus fortement réclamé que moi, et par les témoignages les plus nombreux ; car, nonobstant le certificat dont il a déja été parlé, et les recommandations et protestations du ministre de l'intérieur, ils se composent encore :

1° De deux lettres du préfet et d'une du procureur-général des Vosges ;

2° D'une réclamation signée par la députation de ce département lors du sacre ;

3° D'un certificat des notables de ma commune ;

4° D'une soumission faite par deux propriétaires de me cautionner solidairement de corps et de biens ;

5° De plusieurs lettres du tribun Delpierre, au ministre et au préfet de police ; au conseiller d'état Miot ; à MM. Saulnier, secrétaire-général, et Havas, chef de division au ministere de la police, et ses démarches que je ne compte pas.

Toutes ces pieces doivent être dans ma liasse ; ce qu'il y a de certain, c'est qu'elles ont été produites ; je

le prouverai. Ont-elles jamais été mises sous les yeux
de l'autorité? J'en doute.

Je n'ai jamais eu l'honneur de voir M. le préfet de
police. Je n'imagine pas quel intérêt il auroit eu à me
perdre; aussi n'est-ce pas de lui, mais de ceux qui le
trompent que je me plains.

Quand on vient lui dire qu'un individu est en démence, je sens qu'il ne peut aller vérifier par lui-
même la vérité de ce rapport; il ordonnera de conduire l'infortuné à Charenton pour qu'un traitement
lui soit administré. Cet ordre de sa part est en lui le
produit d'un sentiment charitable et humain, mais il
est, dans ceux qui le lui surprennent astucieusement
contre un homme raisonnable, l'acte le plus mons-
trueux et celui de la plus insigne perfidie (1); car,
indépendamment de son existence physique, l'homme
a encore une existence morale; il vit moins par les
sens que par la pensée; et lui ravir cette seconde
existence, en le précipitant dans un lieu de délire,

_____

(1) Tranchons le mot : c'est ce qui s'appelle trousser les pas-
sants dans la rue. L'assassin de grand chemin laisse au moins
des traces de son crime; mais ici il n'en reste point. Je ne connois pas de moyen plus commode de se débarrasser de quel-
qu'un. Heureusement que mes amis suivirent la voiture, sans
quoi le crime étoit consommé....; car, en admettant que j'eusse
trouvé la possibilité d'écrire, on sait assez que les réclamations
qui viennent de cette maison sont considérées comme l'œuvre
d'un fou dans ses moments lucides.

est un assassinat mille fois plus horrible que si on lui ôtoit la vie.

Assassiné deux fois de la sorte, traîné de prisons en prisons, privé de ma liberté pendant trente-deux mois, persécuté depuis un an, exilé, trompé, trahi, calomnié près de l'autorité et jamais admis à me justifier près d'elle, j'ai donc acquis le droit de me plaindre et je l'exerce.

Je sais combien il est dangereux de le faire envers des gens plus puissants que soi ; mais je sais aussi que la justice est au-dessus d'eux, qu'il est du devoir du souverain de la rendre à tous ses sujets, de les protéger tous également, et que le foible doit trouver un refuge près de lui contre les atteintes du plus fort : c'est donc à ses pieds que je me réfugie et en lui seul que j'espere ; mais je me serai perdu si mon espoir est déçu, ou si, dans le nombre de mes lecteurs, il ne s'en trouve d'assez généreux pour déposer ce mémoire aux pieds de S. M. ; alors, adieu, parens, amis, bienfaiteurs, et vous, espérances de bonheur fondé sur la vertu ! Vous n'aurez été qu'une chimere pour moi, je redeviendrai la proie de mes ennemis et n'aurai connu l'existence que pour souffrir !

Troyes, le 15 octobre 1806. Signé VILLIAUME.

CONCLUSIONS.

Ce mémoire, tiré à un nombre considérable d'exemplaires répandus dans la capitale et l'armée, fit une impression d'autant plus grande, qu'il sortoit

4

de la plume d'un échappé de Charenton; du reste, il ne produisit aucun effet salutaire pour moi. Comme de toutes les affaires de ce monde, on en parla pendant deux jours, puis il n'en fut plus question; encore ai-je trouvé que deux jours étoient beaucoup, en songeant que Moreau, si aimé des Français, si plaint dans sa disgrace, lui qui, durant son procès, fut le sujet unique de toutes les conversations, cessa d'en être l'objet huit jours après son départ de France pour l'Amérique.

Ce ne sera du moins pas sans étonnement qu'on apprendra qu'il n'y eut, dans tous mes lecteurs, qu'une seule personne qui répondit à l'appel que je fis à leur générosité; ce fut le maréchal Moncey, qui, du champ de bataille de Friedland, oublia ses trophées, ses lauriers, la gloire qui l'environnoit, pour écrire au tribun Delpierre, aujourd'hui président de la cour des comptes. Les renseignemens que demandoit le maréchal ayant été satisfaisans, il eut la bonté de remettre mon mémoire à Buonaparte; mais qu'espérer d'un homme qui, passant sa vie à courir le monde et à guerroyer, ne s'occupoit point de l'administration de la justice?

Je ne connois pas de malheur plus affreux que celui d'être réduit à se dire : *Je voudrois qu'on me crût coupable; au moins, en me justifiant, mes souffrances finiroient.* Combien de fois n'ai-je pas formé ce souhait? Mais, hélas! les bourreaux qui m'opprimoient étoient encore plus sûrs de mon inno-

cence que je ne l'étois moi-même, puisqu'il m'arriva
souvent, dans mon désespoir, de m'écrier : *Villiaume, il faut que tu aies commis quelque faute
dont tu ne te souviennes pas!*

A la fin, voyant que je n'obtenois rien ni par la
douceur, ni par le raisonnement, je pris le parti de
me fâcher très sérieusement. Ah! mon mémoire n'a
rien pu! attendez, messieurs, vous en aurez un mieux
conditionné, plus gros, plus détaillé, plus fort de
choses, et cette fois je prendrai mon temps.

Je mis en effet près de trois mois à composer un
in-8o de 500 et quelques pages, dans lequel il y avoit
un article intitulé: *Coup d'œil sur l'intérieur des prisons, sur ce qui s'y est passé de mon temps, et sur
ce qui s'y passera toujours, si l'on n'y met ordre.*
L'article étoit foudroyant pour mes persécuteurs.

Ce travail achevé, je fis les fonds pour l'imprimeur et le départ de l'ouvrage; j'adressai des instructions à mes amis pour bien le répandre, et je partis
pour Paris. J'y arrivai le 3o janvier 1807; je fis encore quelques dispositions, et le 2 février suivant, je
me rendis chez l'inspecteur général de police Veyrat.
« Monsieur, je viens vous dire que je suis las d'être à
Troyes, et que vous pouvez faire de moi tout ce que
vous voudrez, en attendant que vous ayez de mes
nouvelles, ce qui ne tardera pas. — Comment, monsieur, vous m'avez déjà calomnié une fois (1), et vous

_____

(1) Quand on écrit, il faut avoir le courage de dire le bien
comme le mal. J'avois, dans le Mémoire que j'ai publié à

me menacez d'une seconde brochure? — Pas d'explications, je n'en veux point avec un homme de votre sorte. Vîte, un bon pour la prison, ou je casse les portes pour y entrer! » M. Perlet, qui étoit présent, peut attester ce fait; il s'en souvient.

A peine fus-je reçu au dépôt de la préfecture, que

Troyes, accolé M. Veyrat à Bertrand. J'ai reconnu depuis que M. Veyrat étoit absolument étranger à mes malheurs : sans m'arrêter aux protestations qu'il me fit à cet égard, il suffira de dire qu'il n'étoit qu'officier de paix lors de ma première arrestation ; que Bertrand étoit chef de division ; que lui seul avoit de l'influence; que lui seul dirigeoit la préfecture, et y organisoit des conspirations qui n'avoient réellement d'existence que dans son cerveau : j'en atteste ce qu'il a voulu faire de moi. Les personnes qui lui succédèrent durent nécessairement être impliquées dans une partie de ses crimes, quoiqu'elles n'y eussent aucune part. Je ne prétends pas justifier M. Veyrat des reproches qu'on lui fait; mais je ne dois pas souffrir qu'il demeure chargé, envers moi, de torts qu'il n'a pas eus. Je vais plus loin : il en auroit eu, que je suis maître de les lui remettre, et que je lui devrois ce témoignage public de déclarer qu'il a fait tout ce qui dépendoit de lui pour les réparer. Rien, au reste, ne pourroit me dispenser des obligations que je lui ai : je lui dois le rappel d'un exilé dont je me suis rendu caution; je lui dois aussi de m'avoir avancé les premiers fonds qu'il m'a fallu pour former mon établissement. La reconnoissance est en moi un sentiment si fort, que j'ai redoublé mes visites auprès de lui lorsqu'il fut déchu de son pouvoir, sous la magistrature de M. Pasquier; et il est à remarquer que je le voyois rarement quand il en étoit revêtu. Je suis fâché qu'il ait quitté Paris sans me faire ses adieux ; je le prie de recevoir ici les miens, ainsi que l'expression de mon éternelle gratitude.

Bertrand me manda. Introduit dans son cabinet, je
me jetai dans un fauteuil qui étoit tout près de lui.
« Monsieur, si vous vouliez bien prendre une chaise?
— J'aime mes aises, je ne les ai pas toujours eues. —
Savez-vous, monsieur, que ce ton..... — C'est celui
qui convient avec un scélérat de ton espece. (Il voulut
se fâcher ; voyant qu'il n'y gagnoit rien, il procéda à
mon interrogatoire, auquel j'eus bientôt mis fin.) —
Comment vous nommez-vous? — Regarde-moi. —
D'où sortez-vous ? — Peux-tu me le demander ? —
Combien y a-t-il de jours que vous êtes à Paris? — Il
y en a un, deux, quatre, trois, sept, cinq, huit, six;
cherche. — Quelles sont les personnes que vous avez
vues depuis votre arrivée? — Mes protecteurs, dont
tu n'approcheras jamais, mes amis que tu n'es pas
digne de connoître, et enfin les gens qui doivent dis-
tribuer le livre que tu sais bien. — Comme il y a,
dans vos réponses, des injures qui me sont personnelles, je vais extraire ce qui est nécessaire pour
M. le préfet? — Comme tu voudras. » Je le méprisois
tant, je le redoutois si peu, et j'étois si outré, que je
lui laissai faire cet extrait à sa guise.

Lors des premiers interrogatoires que je subis,
j'étois de si bonne foi, que je les signai sur la simple
lecture qu'il m'en fit; mais cette fois je voulus lire, et
je lus en effet son extrait, que j'ai signé avec lui,
non cependant sans le lui avoir fait recommencer: le
monstre y avoit glissé une question que je n'avois pas
ouïe, et un aveu que je n'avois point fait!... Je serois

curieux de savoir si cette pièce est encore dans ma liasse.

Le même jour on alla faire une perquisition chez les seuls amis qu'on me connoissoit, M. et madame Ley, rue Montmartre, n° 134. Les braves gens que la police employa dans cette expédition ne trouverent que des bijoux appartenant à la maîtresse du logis : ils étoient à leur convenance ; la pauvre dame ne les a plus retrouvés. — Pendant qu'on étoit à tout bouleverser chez elle, on me conduisoit à Bicêtre. J'y restai trois mois et demi, Mon livre s'imprimoit ; mes ennemis s'intriguoient pour découvrir l'imprimeur ; ne pouvant y parvenir, ils parlementerent. La liberté me fut offerte à condition que je ferois briser les planches. Non, tas de brigands ! il faut que le public vous juge. Et certes, je ne me serois jamais départi de cette résolution, si mes amis qui intervinrent, mes amis que mes malheurs avoient en partie ruinés, que la continuité de ma détention ruinoit encore, ne m'eussent ébranlé.

Pour bien arranger les choses, il fut convenu que je signerois une lettre d'excuses dont on m'envoya le modele ; je consentis à cette platitude, qui n'est pas la derniere que la force m'arracha. Je devois supprimer le livre, et jusqu'au manuscrit ; c'étoit le plus facile. Je devois aussi ne le faire jamais revivre, je l'ai juré, je sais la foi que l'on doit aux serments.

Libre enfin, mes oppresseurs essàyèrent de m'attacher à eux en m'offrant une place à la police. Nous étions convenus, leur répondis-je, de ne plus nous

outrager..,. Laissez-moi le soin de me placer hono-
rablement. — J'entrai effectivement à la légion d'honneur. Ceci m'amene à parler du grand chancelier de
cet ordre, M. de Lacépède, à la bienveillance duquel
je n'avois d'autres titres que mes revers, et qui, par
cela même, fut triplement mon bienfaiteur. Quel plus
bel éloge puis-je faire de lui que de reproduire la réponse qu'il fit à une lettre que je n'adressai, dans sa
personne, qu'au savant et à l'homme de bien. Je le
rendois le confident de mes peines : la solitude dans
laquelle j'avois vécu m'avoit conduit à de sombres
réflexions sur le néant, les miseres et la brièveté de la
vie, que je n'ai volontiers connue que par lui.......
Voici sa réponse : « Votre lettre m'a vivement touché.
« Vous ne devez sous aucun rapport renoncer à l'es-
« poir d'une position plus heureuse. J'espere que lors-
« que je vous aurai parlé, vous serez moins malheu-
« reux. Prenez la peine de venir au palais de la lé-
« gion, aujourd'hui jeudi, entre deux et trois heures
« et demie. Vous me verrez tout de suite, et sans
« éprouver la plus petite difficulté. J'ose croire que
« vous ne serez pas fâché de vous être entretenu avec
« moi. »

Voir la note (1).

J'aurai occasion de reparler de M. de Lacépede.
Je reviens à Buonaparte. On a vu combien je l'aimois

(1) Les positions affreuses, bizarres, et différentes dans
lesquelles je me suis trouvé, jointes à d'étranges fatalités et à
la force des circonstances, m'ont presque toujours obligé d'im-
proviser mes écrits ; ce sont encore elles qui dérangent, à l'instant

lors de mes premiere et deuxieme arrestations. Persua-
dé que mes malheurs provenoient de son gouvernement
et non de sa volonté, je l'aimois encore quand je vins me
reconstituer prisonnier. Oubliant les souffrances qui
me furent personnelles, je n'avois pas même discon-

---

même, la marche qne je m'étois proposé de suivre : une la-
cune de plusieurs années va s'établir ici ; je la remplirai dans
la deuxieme partie de ces mémoires. En attendant, je crois
utile, pour l'intelligence de ce qui suit, de prévenir mes lecteurs que depuis quatre ans j'ai quitté ma place à la légion
d'honneur pour fonder à Paris une AGENCE GÉNÉRALE ET CEN-
TRALE dans laquelle se réunissent toutes les propositions rela-
tives, 1°, à l'établissement des personnes de l'un et de l'autre
sexe qui, étant étrangeres ou peu répandues dans la capitale,
n'y ont aucune ou que fort peu de connoissances, desirent
néanmoins s'y marier ; 2° aux ventes ou acquisitions d'immeu-
bles et fonds de commerce, emprunts ou placements de fonds,
associations commerciales, renseignements, correspondances,
et enfin aux offres et demandes d'emplois, tels que ceux de se-
crétaires, commis-voyageurs, teneurs de livres, caissiers, gar-
çons de caisse, intendants, régisseurs, concierges, personnes de
confiance, dames de compagnie, de comptoir, demoiselles de
boutique, etc. etc. Ce bureau, que j'ai d'abord établi rue Neuve
Saint-Eustache, n° 34, et que je tiens maintenant rue du
Sentier, n° 5, n'a pas peu contribué, par l'affluence des natu-
rels et des étrangers qu'il m'amene ou avec lesquels je suis en
rapport, à me mettre, dans des moments difficiles et malgré les
mensonges qui remplissoient nos journaux, leurs réticences et
même leur silence sur certains faits, ainsi que l'usage dans lequel ils étoient d'en controuver et de tout dénaturer, à me
mettre, dis-je, au courant de ce qui se passoit en France, aux
États-Unis, et dans toutes les contrées de l'Europe.

tinué de l'aimer lorsque je recouvrai ma liberté définitive, bien que j'eusse sur le cœur l'assassinat du duc
d'Enghien et le bannissement de Moreau ; mais les
succès prodigieux qu'obtint Buonaparte dans toutes
ses entreprises me firent passer sur ces deux forfaits :
malgré l'extrême indignation qu'ils m'inspiroient,
je finis par m'habituer à les considérer comme deux
pages à retrancher de la vie d'un homme qui me pa-
roissoit d'ailleurs grand par son heureuse étoile. ——
Disons-le encore : le duc d'Enghien n'étoit plus ; Moreau, ce premier des Français, avoit cessé de l'être
par le fait, il ne l'étoit plus que par le cœur, et les
vœux que la saine partie de la nation faisoit pour son
retour. Néanmoins, depuis ces événements, les dix-
neuf vingtièmes et demi de la France firent éclater
plusieurs fois et spontanément leur amour pour l'u-
surpateur. L'engouement n'a-t-il pas été général lors
des campagnes de Prusse et d'Autriche ; des batailles
d'Iéna, de Friedland, d'Essling, et de Wagram ? Qui
de nous pourroit décrire jusqu'où fut l'effervescence
de cet engouement quand Buonaparte épousa l'ar-
chiduchesse Marie-Louise, et surtout quand il eût
d'ELLE un fils ? Etranger à l'allégresse publique, je ne
vis, dans cette auguste princesse, qu'une victime que la
maison d'Autriche immoloit inutilement au repos de
l'Europe. Seul, peut-être, mon attachement à Buonaparte s'étoit déja transformé en une haine implacable
qu'avoit provoquée la guerre sacrilége qu'il entreprit
contre l'Espagne. Cette guerre, ou plutôt cette odieuse

trahison, fut le terme de mon aveuglement. Le ban-
deau qui couvroit mes yeux tomba : dès-lors je déce-
lai toute la férocité du despote, et n'aperçus plus en
lui qu'un furieux, qui, après avoir commencé comme
Néron, auroit inévitablement fini de même, s'il ne
l'eût surpassé en cruauté. Son divorce avec l'impéra-
trice Joséphine ne m'étonna pas, il ne fit qu'augmenter ma haine qui s'accrut encore par sa noire ingrati-
tude envers le pape, l'insigne perfidie avec laquelle il
sacrifia le général Dupont, et le comte Frochot, qui
lui avoit donné tant de preuves d'un véritable dé-
vouement et dont la sage et laborieuse administration, appréciée de tout le département de la Seine,
déposoit si fortement en faveur de ce magistrat.

Moins exécrable que le Corse, le tyran de Rome
n'étoit du moins pas un usurpateur sorti de la fange.
En répudiant Octavie, qui n'avoit rien fait pour sa
gloire, il ne commit qu'une action abominable et
malheureusement trop ordinaire aux empereurs ro-
mains ; mais en répudiant Joséphine, à qui il devoit
son élévation, puisqu'elle fut l'instrument de sa gran-
deur primitive, Buonaparte s'est rendu l'opprobre du
genre humain. Cette femme à jamais célebre, et mere
d'un des plus grands capitaines du siecle, réunissoit
en elle plusieurs grands hommes. Tant qu'elle put,
par l'ascendant de ses vertus, la force de son génie,
les graces de son esprit, la bonté de son cœur, et la
douceur angélique de son caractère, tempérer l'hu-
meur farouche de son parjure époux, ne fut-il pas

justement aimé de nous? Qu'était-il avant de la connoître? un pygmée, un homme incapable de rien
être, j'en atteste la rapidité de sa chute, les moyens
qu'il eut, qu'il avoit entre les mains, et l'usage qu'il
en fit. Quoi! il n'aura pas su se conserver au faîte de
sa puissance, et l'on prétendroit qu'il a été grand
par lui-même? Non, non, non. Il ne le fut que par
Joséphine, l'immensité de nos sacrifices, l'expérience
de ses généraux, et l'ardeur de ses troupes, ce que je
soutiendrai en tous temps et en tous lieux à la barbe
de tous ses partisans nés et à naître, s'il lui en restoit
encore ou s'il devoit lui en venir; mais là-dessus, *re-
quiescant in pace. Amen.* Nous sommes là pour la
famille légitime des Bourbons, et nous y sommes en
nombre beaucoup plus grand que nous ne le fûmes
jamais pour lui; j'ajoute que notre zele est aussi bien
différent.

L'horrible campagne de Moscou, l'affaire de Leip-
sick, et la dissolution du corps législatif, mirent le
comble à la haine que je nourrissois contre lui. Cependant, poussé par le désir de sauver ma patrie
d'une invasion dont j'étois loin de prévoir l'heureuse
issue, j'eus encore la bonhomie de lui ouvrir des ressources en lui adressant le projet ci-après, ainsi qu'à
cinq de ses ministres, dans les attributions desquels
il entroit : le duc de Rovigo, comme chargé du mi-
nistère de la police et devant, par cette raison, porter
à la connoissance du souverain, immédiatement après
les avoir reçus, les avis qui peuvent coopérer au salut

de l'Etat; le duc de Gaëte, sous le rapport des finan-
ces; le duc de Feltre, sous celui de la guerre; le baron
d'Astrel, en sa qualité de directeur-général de la
conscription militaire; et le comte Régnault de Saint-
Jean d'Angely, qui étoit l'homme de Buonaparte, et
son *grand-faiseur* en toutes choses.

Paris, 19 novembre 1813.

OFFRE D'HOMMES ET D'ARGENT.

« Les mesures générales sont bonnes lorsqu'elles
« n'ordonnent que le possible. Elles cessent de l'être
« quand elles exigent l'impossible!

« Je suis trop dévoué à mon pays pour ne pas sou-
« mettre au gouvernement des observations que, par
« mon état, je suis constamment à portée de faire.

« On a besoin d'hommes et d'argent. Les François
« sont disposés à de nouveaux sacrifices, mais encore
« faut-il qu'ils puissent, et il en est qui ne peuvent
« véritablement rien, soit pour la bourse, soit pour
« le service. Il faut donc, sous l'un et l'autre rapports,
« prendre là où il y a, et sur-tout là où l'on offre très
« volontairement; c'est ce que je propose.

« Placé dans les affaires, je ne me suis jamais oc-
« cupé de conscription; j'ai même annoncé dans les
« journaux que je ne m'en occupois pas; et pourtant
« j'ai reçu, depuis trois ans, tant écrites que verbales,
« plus de 15,000 demandes en remplacement : que
« sera-ce maintenant qu'on rappelle les conscrits
« exemptés ou mis aux dépôts des années antérieures

« à 1814 ? Bien certainement les exemptions n'ont
« pas été pour les pauvres ; elles supposent la faveur,
« qui ordinairement ne s'accorde qu'à l'aisance.

  « Le véritable et bon soldat, généralement parlant,
« ne se trouve guere que dans la classe des cultiva-
« teurs et celle du peuple ; cette portion de l'Etat en
« est la ressource comme les grandes fortunes en sont
« l'appui, en même temps qu'elles se doivent encore
« plus spécialement à sa défense.

  « Mais la classe moyenne, et je comprends sous
« cette dénomination les négocians, les jeunes no-
« taires, les avocats, les avoués, les huissiers, les
« commissaires priseurs, enfin les hommes qui per-
« dent tout en partant, ce sont ceux-là qui ne ren-
« dront aucun service à l'armée, ce sont particulière-
« ment ceux-là qui ne cesseront de demander des
« remplaçans à quelque prix que ce soit, parceque
« les classes étant épuisées, on n'en trouve presque
« plus. Dix, douze, et jusques quinze mille francs,
« rien ne leur coûte. Eh ! qu'on prenne leur argent !
« Ne fussent-ils que dix mille à n'offrir même que
« huit mille francs chacun, on aura par là QUATRE-
« VINGT MILLIONS, dix mille mauvais soldats de moins
« et vingt mille de bonne volonté de plus. L'urgence
« n'étant que momentanée, on donnera mille francs
« à chacun de ceux qui s'enrôleront pour une campa-
« gne, et il y en aura beaucoup ; la campagne finie,
« on avisera à d'autres moyens.

  « L'homme riche en propriétés ne doit pas attendre

« qu'on l'appelle, il doit voler à l'armée ; quelque
« événement qui arrive, il a des ressources assurées ;
« c'est au surplus sa fortune qu'il va défendre. —
« L'artisan, le cultivateur, l'homme qui remue la
« terre, ou qui porte le fardeau, ne change presque
« pas de position quand il va ouvrir la tranchée ou
« porter le fusil à l'armée. — Mais l'homme qui se
« ruine en partant, celui-là, certes, ne va pas défen-
« dre ce qu'il possede ; tels le négociant qui a des
« comptes à régler, l'avoué qui est chargé d'instances,
« le notaire, etc. Quoi ! ils laisseront tout à l'aban-
« don ? non, non, cela n'est pas possible ! J'ajoute que
« cela ne s'est jamais vu, parce que la conscription
« n'a frappé jusqu'ici que sur les jeunes gens de dix-
« huit à vingt ans, très disponibles, puisqu'ils n'ont
« pas d'état fait. Objectera-t-on la premiere, dite
« grande réquisition, faite en 93 ? mais elle s'arrêta
« à l'âge de vingt-cinq ans, avant lequel on ne peut
« être ni notaire, ni avoué, ni même négociant ; et
« puis l'armée et les administrations de l'armée s'orga-
« nisoient ; les jeunes gens à talens y trouvoient de
« l'emploi, ou partoient comme officiers, comman-
« dans, etc., ce qui faisoit compensation.

« Le décret du 11 novembre 1813, qui augmente
« les contributions, s'exécutera-t-il dans toute sa
« plénitude ? Non. Je m'explique : il y a bonne vo-
« lonté, ainsi on paiera ; mais il y avoit également
« bonne volonté et même élan de patriotisme après
« le désastre de Moscou : cependant les receveurs

« n'ont perçu, sur ce qu'on avoit imposé, que ce qu'on
« a pu donner. Il est de fait qu'une infinité de pa-
« tentés ne gagnent pas même de quoi payer leur
« loyer et leur patente. Tiercer cette dernière quand
« déja ils sont en réclamation pour obtenir des ré-
« ductions, est s'exposer à voir diminuer le nombre
« des patentes en 1814, et par suite les revenus de
« cet exercice. Je parle en connoissance de cause : je
« n'ai jamais eu tant de fonds de commerce à vendre
« et si peu d'acquéreurs que dans ce moment. Mais
« il y a tant d'autres choses à dire ici, et sur les lo-
« cataires et les propriétaires en général, et en par-
« ticulier sur les départements qui avoisinent le Rhin
« et les Pyrénées, soit à cause des blessés qu'on est
« obligé d'y soigner, soit à cause du départ des gardes
« nationales qui laissent beaucoup de *commer-*
« *çantes* seules, ce qui, joint à d'autres charges, di-
« minue réellement leurs moyens pécuniaires, qu'il
« conviendroit peut-être de m'entendre sur tous ces
« points. »

« On n'aura donc pas tous les fonds qu'on attend.
« Que faire alors ? recevoir des contribuables qui
« peuvent payer, temporiser avec ceux qui sont hors
« d'état de payer, et couvrir ce déficit en m'autori-
« sant à recevoir les HUIT MILLE 6000 fr. (ou plus ou
« moins, selon qu'on le jugera convenable), dont j'ai
« parlé plus haut.

« Mon plan est simple : j'enverrai, à mesure que je
« les recevrai, les fonds au directeur-général de la

« conscription qui, en échange, me fera passer un
« congé définitif, motivé sur un remplaçant que je
« lui aurois fourni (fictivement) et qu'il auroit (aussi
« fictivement) dirigé sur tel ou tel corps d'armée ;
« assurément, le conscrit remplacé n'ira pas vérifier
« si loin ; qu'il soit définitivement libéré, voilà ce qui
« lui importe, et il le seroit mieux que par le passé,
« puisqu'un remplaçant fictif ne pourroit jamais ni
« déserter, ni être appelé à marcher en personne :
« bien entendu que ceci seroit un secret entre l'admi-
« nistration et moi.

« Quant aux difficultés d'exécution, j'ai tant et de
« si bonnes raisons à dire à cet égard que, pour le
« moment, il m'importe seulement de savoir si la
« chose proposée convient ou non ; car, dans cette
« derniere supposition, il seroit superflu de m'éten-
« dre davantage. C'est aussi par cette raison que je
« n'émets ici aucune réflexion à l'appui de cette pre-
« miere partie de mon projet, bien que j'en aie dont
« les conséquences sont si positives qu'elles détrui-
« sent toutes les objections qu'on pourroit faire,
« même sur le résultat.

« Je termine par une observation bien simple : si
« mes vues eussent été adoptées depuis que la con-
« scription est loi de l'Etat, on auroit eu même nom-
« bre d'hommes sous les armes, plus d'argent dans les
« caisses publiques, et moins de mécontents. Même
« nombre d'hommes, parceque le remplaçant, ne
« trouvant plus à remplacer, se seroit enrôlé volon-

« tairement, celui qui part pour un autre étant déja
« disposé à partir pour lui ; plus d'argent, ceci n'a
« pas besoin d'explication ; et moins de mécontents :
« tels, par exemple, les conscrits qui partent encore
« après avoir fourni deux, trois, et jusques à quatre
« remplaçants, qui ont été rappelés ou qui ont dé-
« serté ; et comme la douleur ne raisonne pas, ils
« imputent à faute au gouvernement ce qui n'est pas
« sienne. Assurément, ceux-là qui ont fait et qui font
« tant d'efforts pour ne pas partir, seront de très mau-
« vais soldats. Tranchons le mot : ce sont gens de cette
« espece qui font les débandades.   *Villiaume.* »

On n'imagineroit pas combien je fus assailli de
lettres et de visites pendant environ quatorze mois,
c'est-à-dire depuis l'appel du premier banc, celui des
gardes d'honneur et la levée des trois cent mille hommes. Dans mon cabinet, mes bureaux et jusque sur
mon escalier, c'étoient des meres, des peres, des
freres, des sœurs, des familles entieres qui me conju-
roient de leur trouver un remplaçant pour un fils, un
neveu, un frere, ou un ami. « Monsieur, me disoit
une mere éplorée, mon fils n'a pas d'inclination pour
l'état militaire ; cultiver les beaux arts, me chérir, me
rendre la plus heureuse des meres, faire le bonheur
de tous les siens, ont été les seules occupations de sa
jeunesse. Elevé dans l'aisance, comment pourra-t-il
passer, sans gradation, du duvet de son lit et d'un
appartement clos, à l'intempérie de l'air sur les bords
de la Vistule ou du Rhin ? Ah ! monsieur, il y suc-

succombera sans rendre aucun service à l'armée; il ne fera, au contraire, qu'embarrasser sa marche : faut-il donc que je le pleure déja !?....» — D'autres parents, appartenants à d'autres classes de la société, me faisoient apercevoir qu'ils alloient rester sans ressources : « C'est mon frere, me disoit la sœur d'un conscrit, qui, par son industrie, son commerce ou sa profession, nous soutient, moi et ma cadette : qu'allons-nous devenir !?.....» — N'y pouvant rien, le cœur navré et l'œil mouillé, je pris plus d'une fois le parti de déserter mon établissement; c'est ainsi que les malheurs du temps, auxquels j'étois étranger, concouroient au dérangement de ma fortune, et désespéroient aussi mon épouse, ma mere et tous les miens.

Si cette esquisse d'un tableau auquel je pourrois donner plus de développement n'étoit pas apprécié de mes lecteurs, je suis sûr d'avance qu'il ne sera aucun d'eux qui ne m'approuve dans le paragraphe qui suit.

Les alliés ayant entamé notre territoire, j'écrivis au comte Français de Nantes, aux ducs de Gaëte, de Feltre, et à Buonaparte, qu'il seroit convenable de permettre aux propriétaires de l'Yonne, de la Côte-d'Or, du Lyonnais, du Mâconnois, en un mot de toute la Franche-Comté, la Bourgogne, l'Alsace, la Champagne, et de tous les pays vignobles qui se trouvoient menacés, d'exporter leurs vins à Paris sans payer aucun droit de passe, d'acquit-à-caution, d'octroi, etc., qu'après avoir vendu. « Par là, leur disois-je, vous aurez des provisions qui courent risque de tomber au pouvoir de l'ennemi, ou plutôt qui seront perdues pour lui, pour vous et leurs propriétaires (1) ; car vous n'ignorez pas qu'une soldatesque ivre, enfonçant une cave, coule un tonneau d'un coup de crosse, souvent pour n'en recueillir qu'un litre et quelquefois moins ; ce sont ces vins qui ne profiteront à personne que je réclame. Les propriétaires à qui ils appartiennent sont intéressés à ce que vous les leur conserviez, le trésor lui-même y gagnera ; car un sac d'argent étant

---

(1) Deux joueurs entrent en partie avec chacun cent louis ; l'un en gagne cinquante à son camarade, celui-ci les regagne demain, ou plus ou moins, et ainsi de suite durant un mois ; en sorte que, compte fait, l'un n'a ni plus perdu ni plus gagné que l'autre ; et cependant, en résultat, tous deux sont sans le sou, parceque celui qui a d'abord gagné cinquante louis s'est dit : *Je puis bien en dépenser cinq pour mes plaisirs ;* celui qui les a perdu en a dépensé deux *pour se consoler.* Pis que ces joueurs, les chefs d'armées, prodigues dans la victoire, le sont encore davantage dans l'adversité : que de magasins alternativement brûlés pour ne pas les abandonner à son adversaire, où faute d'avoir pris des précautions pour les évacuer, tant la prospérité enivre et rend confiant ! C'est ainsi que se perdent les biens que le ciel départ au labeur des malheureux ! La famine ou les disettes suivent de près ; la paix, que l'épuisement commande d'un et d'autre côté, vient enfin ; chacun des combattants regarde autour de soi ; il n'y aperçoit plus que ruines, deuils et miseres....... Voilà les conquérants ! et l'on entasse pierres sur pierres, carrieres sur carrieres, pour leur ériger des arcs de triomphe, quand d'honnêtes infortunés manquent d'asiles, et que les bons rois obtiennent à peine un simple monument.....!

plus facile à serrer que du vin, il faudroit, dans les circonstances actuelles, être déraisonnable pour se hasarder à en conduire à Paris, si l'on n'est assuré que la propriété en sera garantie, et elle ne peut l'être que dans un dépôt général, parcequ'alors la garde peut en être confiée à la force armée, maintenue par la surveillance des autorités civiles ; si vous m'écoutez, vous aurez, pour vos hospices et vos blessés qui les encombrent, des provisions qui leur manquent, ainsi que pour celles de nos troupes qui désolent les environs de la capitale, etc. »

On se doute bien que j'ai prêché dans le désert. Nos troupes ne recevant aucunes subsistances, foulèrent les habitants de la campagne : ceux-ci en furent irrités ; et, au lieu de se lever en masse, ils accueillirent les alliés ; ce qui hâta le retour de l'ordre, le rétablissement de la famille des Bourbons et la chûte de Buonaparte. Si tout Paris ne s'en étoit aperçu, je ferois remarquer ici que ce sont les alliés qui ont fait la police des barrieres le jour de leur reddition ; que ce sont eux qui, unis à la garde nationale, ont empêché les commis de l'octroi de percevoir le droit accoutumé sur chaque piece de bétail que de malheureux paysans faisoient entrer dans la ville, afin de les soustraire au pillage.

Maintenant je reviens à mon projet d'OFFRE *d'hommes et d'argent*. Le duc de Rovigo en jugea bien ; j'ignore s'il en suivit l'exécution. Le duc de Gaete ne me répondit pas, c'étoit assez son usage. Le duc de Feltre, avec lequel j'en avois longuement causé, m'engagea à le rédiger; sur l'observation que je lui fis que ce seroit un travail inutile s'il n'étoit disposé à le mettre sous les yeux de l'empereur, il me répondit que c'étoit son intention, mais que pour mieux asseoir son jugement, il étoit nécessaire que je misse mes idées au net, par écrit, et que je les classasse régulierement. Nous nous entretînmes ensuite de mon établissement, des mariages qui se font par mon entremise, puis de différents objets. Cependant, j'étois si préoccupé de la levée des trois cent mille hommes, que je ne pus m'empêcher de la remettre sur le tapis : « Vous aurez, dis-je au ministre, beaucoup à décompter : votre calcul, au moment où vous le fîtes, a été basé sur l'étendue de l'empire telle qu'elle se comportoit alors, et tous les jours elle se réduit; déja nous n'avons plus les villes anséatiques, ou, ce qui revient au même, les communications avec elles sont interrompues; la Hollande s'insurge; nos départements de l'ouest et du midi font éclater leur mécontentement; il ne faut pas compter sur ceux au-delà des Alpes ni même sur ceux qui, au nord et à l'est, sont le cordon de nos frontieres. Depuis le temps qu'on enleve la gendarmerie pour l'envoyer à l'armée, il n'en reste plus assez dans l'intérieur pour y presser le départ; enfin, nous n'avons ni magasins ni fournisseurs qui veuillent traiter; ce n'est pas le tout que d'avoir des hommes, il faut les habiller, les armer, et les nourrir; en admettant que cela se puisse, je le répete, on n'aura jamais trois cent mille hommes. — Hé bien, la garde natio nale marchera. — Y pensez-vous? toucher aux hommes mariés....? — L'empereur n'a qu'à dire un mot, — Les femmes en diront quatre, et elles auront le dessus. — Oh! oh! oh! — Il n'y a pas de *oh!* vous verrez. » En effet, ce furent elles qui, le 31 mars dernier, prirent les premieres la cocarde blanche. Leur enthousiasme étoit si grand, que lorsque je fus arborer l'étendard blanc au sénat, une d'elles, après avoir épuisé ses provisions de rubans, détacha ceux de son chapeau, nous les jeta, nous jeta aussi un mouchoir brodé qu'elle tenoit à la main, et jusqu'à une maline de prix qui garnissoit le bas de sa robe. Toutes les irrésolutions cessent quand ce sexe enchanteur donne lui-même l'impulsion. Moins étrangeres qu'on ne pense aux événements politiques, les femmes, si prodigues de leur temps lorsqu'elles n'ont à s'occuper que de modes et de frivolités, ne le perdent pas en vaines discussions quand il faut agir. Douées d'un sens exquis, elles discernent mieux que nous si l'instant de se montrer est ou n'est pas assez mûri; et, du moment où cette timide et clairvoyante moitié du genre humain se prononce, comment un sexe plus fort croiroit-il avoir encore des dangers à redouter?

Le baron d'Astrel, à qui je n'en avois pas dit autant qu'au duc de Feltre, puisque je m'étois borné envers lui au simple envoi de mon projet, ne fut pas aussi aimable que ce duc. Il m'écrivit une lettre qui prouve que non seulement il ne m'avoit pas compris, mais qu'il me regardoit encore comme un spéculateur, tandis que je ne prétendois à aucun profit. Il la termine en me menaçant gracieusement du ministre de la police. Comme je n'avois pas peur, je lui répondis que tout l'esprit de la France n'étoit pas au Conseil d'Etat.

Quant au comte Regnault de Saint-Jean-d'Angely, il me fit une réponse de cour. Il est vrai qu'étant alors colonel d'une des cohortes de la garde nationale parisienne, tout son temps étoit absorbé à la passer en revue, à lui voir faire l'exercice, à l'apprendre lui-même, et à la haranguer afin de la disposer à se signaler sur les hauteurs de Montmartre. J'ai ouï dire qu'il s'y étoit illustré; des envieux soutiennent le contraire; cela seroit, qu'il pourroit encore s'en consoler : tout le monde n'a pas le courage de mourir en bonne santé pour acquérir un peu de fumée que l'on nomme si improprement de la gloire; d'ailleurs Démosthenes, qui avoit pour le moins la langue aussi bien pendue que SON EXCELLENCE, a bien lâché pied à la bataille de Cheronnée. Autre chose est de faire trembler les hommes en tonnant à la tribune ou de les enhardir devant des baïonnettes. Que dis-je? il y avoit plus que des baïonnettes à Montmartre, il y avoit du canon, et il n'y en avoit pas à Cheronnée. Qui ne sait qu'une piece de campagne parle plus haut que les orateurs, qu'elle a même une force magique qui coupe la parole aux plus et aux mieux diserts? Au surplus, voici la lettre de MONSEIGNEUR, celle du baron d'Astrel, et celle du duc de Feltre :

Paris , le 19 novembre 1813.

A M. Villiaume, Directeur de l'Agence générale.

Je vous remercie, monsieur, de la confiance que vous me témoignez en me communiquant vos idées sur des ressources que vous croyez utile d'ouvrir au gouvernement dans les circonstances actuelles. S'il se présente une occasion de les faire connoître, non seulement je la saisirai, mais je m'empresserai de vous faire part du résultat qu'elles pourroient amener en votre faveur. Croyez que je rends personnellement à vos bonnes intentions la justice qu'elles méritent.

Agréez, monsieur, l'assurance de ma considération parfaite. R. DE SAINT-JEAN D'ANGELY.

MINISTERE DE LA GUERRE.

Paris , le 24 novembre 1813.

Le Général de division, Baron de l'Empire, Directeur-général de la conscription militaire,

A M. Villiaume, Directeur de l'Agence-générale.

J'ai reçu, monsieur, avec votre lettre du 19 novembre, différentes observations et un projet relatif aux remplacements de conscrits.

Sans entrer dans l'examen de votre mémoire, je dois vous prévenir que les intentions du gouvernement sont de ne souffrir aucun intermédiaire entre les remplaçants et les remplacés, et de punir toutes

les personnes qui s'immisceroient par état dans de
pareilles affaires. Toutes les fois que des agents de
remplacements m'ont été dénoncés, je les ai signalés
à S. E. le ministre de la police, qui en a ordonné ou
fait ordonner l'arrestation.

J'ai l'honneur de vous saluer.   D'Astrel.

MINISTERE DE LA GUERRE.
A M. Villiaume.

Monsieur, après avoir reçu le mémoire que vous
m'avez adressé au sujet de l'établissement que vous
proposez, d'une agence de remplacements pour les
conscrits, j'examinai si ce projet pourroit être porté
à la connoissance de l'empereur; mais j'ai reconnu
que le gouvernement s'étoit déjà occupé de votre mémoire et qu'il vous avoit été répondu que Sa Majesté
ne voulant point souffrir d'intermédiaire entre les
remplaçants et les remplacés, il ne pouvoit être donné
aucune suite à votre proposition.

Je ne puis, monsieur, que confirmer cette réponse,
et vous prier de recevoir mes salutations.

Le ministre de la guerre, Duc de Feltre.

Paris, 16 décembre 1813.

La lettre que m'écrivit le Baron d'Astrel n'excita
que mon mépris. Voici la réponse que me fit Buonaparte: « Vous avez rêvé creux; quand tout m'appar-
« tient en France, homme et argent, comment pré-
« tendez-vous m'y ouvrir des ressources ? »

Oh! que notre langue est pauvre en termes qui expriment l'excès de l'indignation! Que ne me permet-elle au moins, dans cette seule circonstance, certains tours de phrases qui feroient passer dans l'ame de mes lecteurs la rage et l'effroi qui remplirent la mienne!.. Alors, seulement alors, j'ai et ai dû conspirer contre lui. Ma devise étoit, *Quand on conspire, on conspire seul.* L'expérience m'avoit appris que les conjurations n'échouent que parcequ'elles se composent d'éléments hétérogenes. L'un veut *blanc*, l'autre *noir*; l'un est ferme, l'autre est foible : de ce conflit d'opinions et de caracteres naît la division, puis l'*évention* du secret. Le mien n'étoit connu que de moi, rien ne pouvoit le trahir. Je ne tendois à rien moins qu'à me saisir de Buonaparte après l'avoir enveloppé. Informé qu'il devoit se rendre dans les Vosges, mon pays natal, je sollicitai et j'obtins, le 7 janvier, l'autorisation d'y lever un corps de partisans et d'y organiser la levée en masse conjointement avec le général Beurmann. Le 23 du même mois, je reçus de nouveaux ordres, également sollicités et si illimités, que je pouvois me rendre du nord au midi de la France, et de l'est à l'ouest, de façon qu'il n'étoit guere possible au tyran de m'échapper. La force et les positions de nos armées étant absolument ignorées, aucun plan ne m'avoit été tracé; c'étoit à moi d'agir suivant les occurrences, et j'étois homme à ne pas manquer celles qui auroient favorisé l'exécution de mon projet. — Je joints ici l'extrait des pouvoirs dont j'étois muni, à la vérité pour un tout autre objet; mais il m'étoit

bien permis de me jouer d'un gouvernement qui m'a-
voit si souvent et si cruellement trompé. J'ai au moins
eu la délicatesse de ne pas recevoir de fonds de lui.
J'agissois dans l'intérêt de ma patrie et contre le bourreau qui l'ensanglantoit : six mois se sont écoulés depuis cette époque, et ma conscience ne me fait aucun
reproche.

MINISTERE DE LA GUERRE.

Paris, 7 janvier 1814.

A Monsieur Villiaume..

« Par un décret du 4 janvier, l'Empereur a désigné
« le général Beurmann pour diriger toutes les opéra-
« tions de la levée en masse dans les Vosges et pour
« y organiser des corps de partisans. Je vous invite à
« vous rendre de suite près de lui pour *convenir des*
« *bases* qui seront adoptées pour cette organisation.
« J'ai l'honneur, etc. *Signé* DUC DE FELTRE. »

MINISTERE DE LA GUERRE.

Paris, 23 janvier 1814.

A Monsieur Villiaume.

« Par ma lettre du 7 de ce mois, je vous engageois
« à vous *entendre* avec les généraux désignés pour
« commander les levées en masse ; quoique vous n'ayez
« point rencontré le général Beurmann que je vous

« avois particulierement indiqué, vous pouvez vous
« adresser aux généraux en chef des corps d'armée, et
« vous présenter aussi à S. A. S. le Prince de Neuchâ-
« tel, qui en ce moment est à l'armée, et qui vous fera
« connoître ses intentions : vous concevez que je ne
« puis que me borner à ces indications, *tous les dé-*
« *tails de votre* MISSION *ne pouvant se régler avec*
« *connoissance de cause que dans les contrées même*
« *où les opérations militaires ont lieu.*

   « J'ai l'honneur, etc.   *Signé* DUC DE FELTRE. »

Je ne fis aucun usage de cette derniere lettre ; la
premiere ne me servit que jusqu'à Saint-Dizier, où
j'appris, le 16 janvier, que les alliés occupoient déja
les Vosges, et que rien ne pouvoit arrêter leur
marche sur la capitale. — A mon retour, je ne
dissimulai pas à M. Boucheseiche, devant MM. Piis,
Léger, Boucher, Foudras, et autres chefs de la
préfecture de police, qu'ils seroient à Paris avant
deux mois ; je ne me suis trompé que de dix jours ;
mais je sais gré à ces messieurs de n'avoir pas informé Buonaparte de ma prédiction. Je fis également
la même ouverture à M. Barbier de Tinan, inspecteur
aux revues et chef de la quatrieme division du ministere de la guerre.

   Je me hâte de terminer : personne ne fut plus imparfaitement connu que moi ; ma femme elle-même
me connoissoit peu. Mon grand art, pour bien garder
un secret, ayant été de feindre jusqu'ici d'être indis-

cret, et d'acquérir enfin cette réputation. Par exemple, on ne se douteroit pas que Moreau m'honoroit
d'une bienveillance particuliere ; que j'avois mon
franc-parler avec lui, bien que je ne fusse que simple
soldat ; qu'il fit tout ce qu'il put pour m'attirer à son
état-major, et moi pour rester indépendant ; que j'ai
tout tenté pour le sauver, mais infructueusement :
on verra, dans la deuxieme partie de ces mémoires,
à quoi cela a tenu. J'y rendrai compte aussi des
mouvements que je me suis donnés dans l'intérêt
des Bourbons lors de l'entrée des alliés à Paris.
Content d'avoir fait mon devoir en ceci, je n'aspire,
pour récompense, qu'à l'estime des honnêtes gens,
nulle autre ambition ne m'ayant jamais dirigé, pas
même celle de la gloire que j'ai trop appris à mé-
priser : c'est une obligation que j'ai à Buonaparte ; je
lui dois aussi de m'avoir mûri avant l'âge ; je l'en remercie. La gloire? la gloire..........? il n'y en a plus
que dans la clémence de Louis XVIII, la magnani-
mité de l'empereur Alexandre et de ses augustes alliés.
Toutes les autres sortes de gloire n'étoient que des
chimeres qui ont disparu devant celles-là.......

L'usurpation, si je puis m'exprimer ainsi, est en
quelque sorte légitime quand l'usurpateur succede à
un tyran et qu'il se fait aimer; mais Louis XVI étoit
le meilleur des Rois: héritier de ses vertus, de sa
bonté et de ses droits à la couronne, Louis XVIII
nous promettoit la paix, le bonheur et le retour du
commerce que Buonaparte avoit anéanti par ses lois
prohibitives d'entrées et de sorties, la perte de nos

colonies, ses guerres continuelles et ruineuses, toujours entreprises contre le vœu de la nation. — Eblouï
par sa renommée, ses premiers crimes avoient pu,
dans l'inexpérience de ma jeunesse, me paroître des
fautes de politique; mais ils devinrent si nombreux que
sa domination n'étoit plus supportable. C'est alors
que l'examinant de nouveau, je m'aperçus plus en lui
qu'un misérable et vil intrigant qui ne fut investi de
l'autorité que par la violence et la ruse. On sait comment deux registres furent ouverts dans les préfec-
tures, sous-préfectures, mairies, justices de paix,
greffes de tribunaux, etc., sur cette question qui fut
son marche-pied au trône: *Napoléon Bonaparte
sera-t-il consul à vie?* Certain d'avoir pour lui les
fonctionnaires publics et les flatteurs, il n'auroit cependant obtenu par là qu'une infiniment petite majó-
rité, s'il n'eût fait ajouter que ceux des François qui
ne signeroient pas seroient considérés comme votant
pour l'affirmatif; or, comme les trois quarts et demi
des habitants de la France ne savent ni lire ni écrire,
il ne pouvoit manquer d'être élu à la grande majorité.
Avec cette théorie et de semblables registres, le premier venu ne pourroit-il pas se faire proclamer Sta-
thouder en Turquie, Grand-Turc en Hollande, Sophi
à Londres, Dey à Malte, Grand-Mogol en France,
et Protecteur de la Confédération du Rhin sur les
bords du Mississipi ou de la riviere des Amazones?

Pourquoi les Clément, les Ravaillac, les Jean Cha-
tel, les Damien, sont-ils en horreur parmi nous?
c'est qu'ils étoient de véritables régicides. Mainte-

nant, de deux choses l'une : toutes les conspirations
qui ont été jugées sous le gouvernement de Buonaparte ont ou n'ont pas existé; dans cette derniere
supposition, elles seroient autant d'infamie de sa
part, et en admettant la réalité de leur existence, je le
demande, les noms d'Arena, de Topino Le Brun, de
Demerville et de Ceracchi, de Moreau, de Pichegru,
de Georges Cadoudal, d'Armand et Jules de Poli-
gnac, de Riviere, Bouvet, de Lozier, Russillion,
d'Hozier, Ducorps, Picot, Lagolais, Roger, Coster
Saint-Victor, Deville, Armand-Gaillard, Joyaux Bur-
ban, Lemercier, P. J. Cadoudal, Mirele, David, etc.
ces noms, dis-je, ont-ils jamais été flétris parmi nous?
non; d'où je conclus, qu'au fond, la nation n'a jamais
reconnu Buonaparte pour souverain, et cependant,
aux époques de ces conspirations vraies ou fausses, il
s'en falloit qu'il se fût souillé d'autant de crimes que
dans ces derniers temps. Sur la fin il n'étoit autre
chose qu'un assassin et un voleur de grand chemin :
ses assassinats, il les commettoit juridiquement ou dans
le silence et l'obscurité des cachots; ses vols, il les faisoit à main armée. Violant toutes les lois, il décré-
toit de sa seule autorité des contributions que nous
ne pouvions payer, puisque les affaires, le commerce
et toutes les branches de l'industrie étoient dans une
stagnation absolue, que l'agriculture même étoit
abandonnée. Chaque coup de canon devenoit pourtant un deuil pour nous et grevoit la trésorerie de
nouvelles pensions. Avec un peu de sens, il étoit
aisé de prévoir qu'il ne lui auroit pas été plus possi-

ble de les maintenir que les dotations instituées dans des pays qu'il étoit hors d'état de conserver. Je l'ai dit, je le répete et le répéterai toujours ; la banque-route eût été générale dans toutes les parties de l'administration : une sage économie peut seule y remédier ; rallions-nous donc tous autour des Bourbons, sans lesquels il n'étoit plus de salut pour nous ; espésons d'Eux des jours plus prosperes, mais ayons un peu de patience : ce n'est pas de la veille au lendemain qu'on parvient à rétablir le bien sur le mal, ou plutôt sur l'abîme ; oh ! oui, sur l'abîme, et il n'y avoit qu'un Roi véritablement pere de ses sujets qui pût consentir à les en tirer au prix de son repos.

L'Europe entiere ne se fût pas armée, Moreau et plus de cinq cent mille hommes de toutes les nations vivroient encore, la France et l'Allemagne ne seroient point épuisées, si le brave et audacieux Malet eût réussi dans son entreprise d'octobre 1812. Le sort a voulu que la tyrannie de Buonaparte durât encore dix-huit mois après la déroute de Moscou, et pourquoi ? Pour nous faire un mal infini ; car toutes ces pertes valoient assurément mieux que lui. Les horreurs dont il s'est rendu coupable sont une grande leçon pour les peuples ; domaines de l'histoire, elles doivent être soigneusement recueillies et publiées : j'en ferai connoître d'inouies et de telles, que je ne puis plus entendre parler de Robespierre sans être tenté de dire qu'il auroit vécu six mois avec un seul déjeûner de son trop fameux successeur.

FIN DE LA PREMIERE PARTIE.